彰化學

土地哲學與
彰化詩學

彰化詩學研究之一

蕭蕭 著

晨星出版

【叢書序】
啟動彰化學
——共同完成大夢想　　　　林明德

　　二十多年來，台灣主體意識逐漸抬頭，社區營造也蔚為趨勢。各縣市鄉鎮紛紛編纂史志，大家來寫村史則方興未艾。而有志之士更是積極投入研究，於是金門學、宜蘭學、澎湖學、苗栗學、台中學、屏東學……，相繼推出，騰傳一時。

　　大致上說來，這些學術現象的形成過程，個人曾直接或間接參與，於其原委當有某種程度的了解，也引起相當深刻的反思。

　　一九九六年，我從服務二十五年的輔大退休，獲聘於彰化師大國文系。教學、研究之餘，仍然繼續台灣民俗藝術的田調工作。一九九九年，個人接受彰化縣文化局的委託，進行為期一年的飲食文化調查研究，帶領四位研究生進出二十六個鄉鎮市，訪問二百三十多個飲食點，最後繳交《彰化縣飲食文化》（三十五萬字）的成果。

　　當時，我曾說過：往昔，有一府二鹿三艋舺的符碼；今天，飲食文化見證半線風華。這是先民的智慧結晶，也是彰化的珍貴資源之一。

　　彰化一帶，舊稱半線，是來自平埔族「半線社」之名。清雍正元年（1723），正式立縣；四年（1726）創建孔廟，先

賢以「設學立教，以彰雅化」期許，並命名爲「彰化縣」。在地理上，彰化位於台灣中部，除東部邊緣少許山巒外，大部分屬於平原，濁水溪流過，土地肥沃，農業發達，有「台灣第一穀倉」之美譽。三百年來，彰化族群多元，人文薈萃，並且累積許多有形、無形的文化資產，其風華之多采多姿，與府城相比，恐怕毫不遜色。

二十五座古蹟群，各式各樣民居，既傳釋先民的營造智慧，也呈現了獨特的綜合藝術；戲曲彰化，多音交響，南管、北管、高甲戲、歌仔戲與布袋戲，傳唱斯土斯民的心聲與夢想；繁複的民間工藝，精緻的傳統家俱，在在流露令人欣羨的生活美學；而人傑地靈，文風鼎盛，舊、新文學引領風騷，成果斐然；至於潛藏民間的文學，既生動又多樣，還有待進一步的挖掘與整理。

這些元素是彰化的底蘊，它們共同型塑了「人文彰化」的圖像。

十二年，我親近彰化，探勘寶藏，逐漸發現其人文的豐饒多元。在因緣俱足之下，透過產官學合作的模式，正式推出「啓動彰化學」的構想。

基本上，啓動彰化學，是項多元的整合工程，大概包括五個面相：課程設計結合理論與實際，彰化師大國文系、台文所開設的鄉土教學專題、台灣文化專題、田野調查、民間文學、彰化縣作家講座與文化列車等，是扎根也是開拓文化人口的基礎課程，此其一；爲彰化學國際化作出宣示，2007彰化文學國際學術研討會聚集國內外學者五十多人，進行八場次二十六篇的論述，爲彰化文學研究聚焦，也增加彰化學

的國際能見度，此其二；彰化師大文學院立足彰化，於人文扎根、師資培育、在職進修與社會服務扮演相當重要角色，二○○七重點發展計畫以「彰化學」爲主，包括：地理系〈中部地區地理環境空間分析〉、美術系〈彰化地區藝術與人文展演空間〉與國文系〈建置彰化詩學電子資料庫〉三個子題，橫向聯繫、思索交集，以整合彰化人文資源，並獲得校方的大力支持，此其三；文學院接受彰化縣文化局的委託，承辦2007彰化學研討會，我們將進行人力規劃，結合國內學者專家的經驗與智慧，全方位多領域的探索彰化內涵，再現人文彰化的風貌，爲文化創意產業提供一個思考的空間，此其四；爲了開拓彰化學，我們成立編委會，擬訂宗教、歷史、地理、生物、政治、社會、民俗、民間文學、古典文學、現代文學、傳統建築、傳統表演藝術、傳統手工藝與飲食文化……等系列，敦請學者專家撰寫，其終極目標乃在挖掘彰化人文底蘊，累積人文資源，此其五。

　　彰化師大扎根半線三十六年，近年來，配合政策積極轉型爲綜合大學，努力參與社區總體營造，實踐校園家園化，締造優質的人文空間，經營境教，以發揮潛移默化的效果，並且開出產官學合作的契機，推出專案，互相奧援，善盡知識分子的責任，回饋社會。在白沙山莊，師生以「立卦山福慧雙修大師彰師大，依湖畔學思並重明德化德明。」互相勉勵。

　　從私立輔大退休，轉進國立彰師大，我的教授生涯經常被視爲逆向操作，於台灣教育界屬於特例；五年後，又將再次退休。個人提出一個大夢想，期望結合眾多因緣，啓動彰

化學，以深耕人文彰化。為了有系統的累積其多元資源，精心設計多種系列，我們力邀學者專家分門別類、循序漸進推出彰化學叢書，預計每年十二冊，五年六十冊。並將這套叢書獻給彰化、台灣與國際社會。

　　基本上，叢書的出版是產官學合作的最佳典範，也毋寧是台灣學的嶄新里程碑。感謝彰化縣文化局、全興、頂新、帝寶等文教基金會與彰化師大張惠博校長的支持。專業出版社晨星的合作，在編輯、美編上，為叢書塑造風格，能新人耳目；彰化人杜忠誥教授，親自題寫「彰化學」三字，名家出手為叢書增色不少，在此一併感謝。

　　回想這套叢書的出版，從起心動念，因緣俱足，到逐步推出，其過程真是不可思議。

　　「讓我們共同完成一個大夢想吧。」我除了心存感激外，只能如是說。

・林明德（1946－），台灣高雄縣人。國立政治大學中文博士。現任國立彰化師範大學國文學系教授兼副校長。投入民俗藝術研究三十年，致力挖掘族群人文，整合民俗藝術，強調民俗是一切藝術的土壤。著有《台澎金馬地區區聯調查研究》（1994）、《文學典範的反思》（1996）、《彰化縣飲食文化》（2002）、《阮註定是搬戲的命》（2003）、《台中飲食風華》（2006）。

【自序】
彰化詩學的建構

　　每一個人對家鄉的感覺，都是地靈人傑，但是我對彰化的記憶不是這樣。有的人會客氣的說，我們家窮鄉僻壤，鳥不生蛋，我相信，你對彰化的記憶也不是這樣。

　　不說：八卦山台地坐臥全縣之東，向西開展出全綠的沖積扇平原，直至波起浪湧全藍的台灣海峽，全長186.4公里台灣最長的河川濁水溪在其左（南），長度119.1公里的大肚溪在其右（北），這種前有照、後有靠，左青龍優於右白虎的優勢地理。

　　不說：八卦山脈據守其東，彰化平原綿延其腹，台灣海峽坦陳於前，因而讓彰化人具有山嶺丘豁一般堅毅的性格，平疇田野那樣寬厚的氣質，海岸浪濤掀天似的聲勢。

　　只要靜靜坐在八卦山坳看高鐵車輛像「sina」一樣閃過。只要漫步在廣袤無邊的田野聞聞花香、稻香、葡萄香、甘蔗香，或者跟老農夫一起揮鋤、揮汗。或者，只要在王功燈塔下，與海一起平靜，與浪一起洶湧，與夕陽一起無限好。——這就是詩了，不需建，不需構，俯拾即得；不虛見、不虛構，即目即是。

　　更不用提：台灣新文學之父賴和為台灣文化如何奔波，不用提：芳苑海邊謝春木如何寫出台灣第一首新詩，急水崇山交會的二水地區，王白淵怎樣鋪展他的心靈美學。

　　是的，可以暫時忘了新感覺派的翁鬧，忘了現實主義交疊著現代主義的一代詩論家林亨泰，忘了全世界獨創的數學詩寫作者曹開，忘了憫農詩人吳晟和詹澈，忘了康原、愚溪、施善繼，忘了忘了……

　　是的，我不是在建構彰化詩學，我只是在喚醒大家的記憶，關於詩、關於彰化、關於台灣和愛。

　　　　　　　蕭蕭　寫於明道大學

【目錄】contents

第1章 小前提：廣義的土地倫理概說

　　提起「土地倫理」（Land ethics）這個詞彙，一般人會想到美國的三位自然學者，以他們作為「人」與「土地」或「環境」互動的三個階段性發展，而以阿爾多・李奧帕德（Aldo Leopold，1887-1948）的《沙郡年記》（"A Sand County Almanac"）所強調的：生態平等，作為最後的理想。這最後的理想是：人與其他生物完全一樣，只是土地公民群中的一份子，有其生存的權利，也要付出同等義務的義務。

　　這三位自然學者，第一位是寫作《湖濱散記》（"Walden Pond"，1854）的亨利・梭羅（Henry David Thoreau，1817-1862），他的《湖濱散記》類近於晉朝陶淵明（365-427）、唐朝王維（701-761）的隱逸式自然主義作品，強調接近自然而遠離人群，促使生活簡樸而心靈富裕，「這段時期的環境概念，存在於消極愛護、積極親近、細心觀察與欣賞自然的範疇裡。」❶

　　第二位是指推動美國保育運動，被稱為「國家公園之父」的約翰・繆爾（John Muir，1838-1914），國家公園與自然保留區的設立就是他的理想，而其保育自然的目的是為了可供

---

❶ 金恆鑣：〈生態平等主義的聖經〉，阿爾多・李奧帕德（Aldo Leopold，1887-1948）著、吳美真譯：《沙郡年記》（A Sand County Almanac），台北：天下遠見出版公司，2005（第二版），頁Ⅲ-Ⅳ，此處及以下所述三位學者的理想主張，依據此文。

後人利用，允許在人文主義觀念下，可以合理而睿智地利用大自然。

第三位就是阿爾多‧李奧帕德（Aldo Leopold，1887-1948），突破以人文主義為中心的傳統環境權，建立起生態平等的環境權概念，這時，人與其他生物同屬於土地，土地不是人類私慾下的財產或商品，土地是人類與其他動物、植物跟土壤所形成的共同社區，人類只是這個共同社區的部份公民而已。「土地倫理」的整全意義，至此得到飽滿而豐富的論述。

不過，「土地倫理」的觀念也曾被視為發狂的保育學家毫無根據的情緒化告誡，甚至於被視為會導致後果失控而不敢採行的空想。如果仔細閱讀阿爾多‧李奧帕德的《沙郡年記》，會發覺這種疑慮的產生是因為窄化了李奧帕德的「土地倫理」。換句話說，《沙郡年記》裡的「土地倫理」有狹義與廣義兩種說詞，狹義的說詞指向「生態保護」、「自然寫作」的專一而深化的路向，廣義的說詞則是為廣大人群、開闊文學而設，是在土地與人性的共同基礎上建構起文學的殿堂。

以「群集概念」（community）而言：

「土地的倫理規範只是擴展了群集的界限，使其納入土壤、水、植物和動物；我們可以將這些東西統稱為土地。」❷

「土地的倫理規範使『智人』（Homo sapiens，現代人的學名）從土地-集群（land-community）的征服者，變成土地-集群的一般成員和公民；這暗示著，他對這個集群內其他成

❷ 阿爾多‧李奧帕德著、吳美真譯：《沙郡年記》，台北：天下遠見，2005，頁324。

員，以及對這個集群的尊重。」❸

這樣的觀念：（一）擴大了土地的內涵——包括土壤、水、植物和動物，（二）讓人類學會謙卑和尊重——人類不能是土地的掌控者、征服者，而是土地-集群中的一員而已。第一項是對土地的擴大解釋，第二項是對倫理（人與人之間的合理關係）的擴大解釋，將大自然也納入人道關懷。所謂「究天人之際」、「天人合一」、「齊物論」的思想，接近這種說法。

阿爾多・李奧帕德認爲「倘使人們對於土地沒有懷著喜愛、尊敬和讚賞之情，或者不重視土地的價值，那麼，人和土地之間的倫理關係是不可能存在的。我所說的價值，當然是某種比純粹的經濟價值更爲廣義的東西；我指的是哲學上的價值。」❹ 李奧帕德的「土地倫理」是指比經濟價值更高、更廣的哲學價值，就台灣的文學家而言，這不就是自有傳統以來大家所堅持的文化理念嗎？我們可以視之爲廣義的「土地倫理」概說，放之四海而皆準，百世以俟聖人而不惑的真理。

至於「當一件事情傾向於保存生物群落的完整、穩定和美感時，這便是一件適當的事情，反之則是不適當的。」❺這是李奧帕德「土地倫理」最常被人引錄、推崇的一句話，我們可以將這句話當作是「土地倫理」的狹義概說，倫理文化最終、最崇高的理想，生態關懷者、自然寫作者永遠信守

❸ 同前註，頁325。
❹ 同前註，頁351。
❺ 同前註，頁352。

的圭臬——其他文學工作者的眼光則不一定專注於這一事項，不一定以此爲唯一的美學標的。

因此，不排除「保存生物群落的完整、穩定和美感」，卻更專注於「懷著喜愛、尊敬和讚賞之情，以重視土地的價值」，這種廣義性的「土地倫理」概說，正是我們憑以端視彰化新詩人的首要準則。

第2章 謝春木：台灣新詩的肇基者
——細論追風與台灣新詩的終極導向

第一節　風頭水尾：追風與凌風

　　筆名追風的謝春木（又名謝南光，1902-1969），日本政府據台時期明治三十五年（清光緒二十八年壬寅）十一月十八日出生於當時的台中州北斗郡沙山庄，以今日行政區域而言，屬於彰化縣芳苑鄉。芳苑，最早的名稱是「番挖」或「番仔挖」，日據時代改名「沙山」，戰後又更名「芳苑」。日據下台灣新文學的重要肇基者謝春木，終戰後「彰化學」的構思者、履勘者康原（康丁源，1947-），恆以「精神內在的深度旅遊」為主軸，創作小說、新詩「獻給宇宙星河所有的大小孩」的「超自然美學」締造者愚溪（洪慶祐，1951-），都是出生於此地的彰化文學家。❶

　　「番仔挖」名稱的由來，有兩種可能，第一種可能，古代芳苑海岸線是在今日堤防邊向外推出外一公里處，約當今日「海中魚場」所在，當時的堤防外有一條海溝，海溝之後是漫長的南北走向的沙線，沙線之內（東）稱為內海，沙線之外（西）則為外海。漲潮時，海水帶著魚蝦蛤貝從外海越過沙

---

❶ 謝春木雖是康原的前輩鄉賢，康原：《文學的彰化──彰化縣新文學作家小傳》（彰化：彰化縣立文化中心，1992）書中，未曾有一語提及，連「追風」、「謝春木」的字眼都不曾出現。台灣文學傳承所出現的斷層現象，何其嚴重！

線，退潮後，魚蝦蛤貝來不及撤離內海，沙線、堤防構成為天然的魚滬，內海深溝就成為當時平埔族人捕魚、捉蝦、挖貝的所在，所以稱為「番挖」、「番仔挖」。第二種可能是此地原為平埔族人聚居的地方，又有曲折的海灣（閩南人稱彎折處為「挖」，正確的寫法可能是「隈」——山曲、水曲處，謂之「隈」），所以稱之為「番仔隈」。前者以生活形態掌握神髓，後者以地理形勢擷取形似，命名之道，各有可觀，並存其說，聊資歡談。

日據時期與光復後國民政府時期，都以「番」字為不雅，分別易名，日本殖民政府以其地風沙強大，海岸邊、農田裡常有沙丘堆積，秋冬之時往往小沙丘連綿不斷，所以稱之為「沙山」，具有寫實之風。光復後，其名不為鄉民所喜，棄而不用。國民政府則以「番隈」之音尋求音近的典雅字眼，取名「芳苑」，沿用至今。台灣地名，往往因為執政者一時的偏執、好惡，大事更張，芳苑就是最好的例子。

芳苑地名雖然歷經更迭，但地理環境、天候氣象並未有巨大改變，仍然是彰化縣境最先接受海風猛烈撲擊、又是灌溉圳渠難以達及的地區，所謂「風頭水尾」的濱海之鄉。以此區域特徵來看日據時期台灣文化的捍衛者謝春木的筆名「追風」，或許就有環境逼迫下無奈掙扎的現實意義，又有掙扎時自我調侃與調適的鼓舞作用。但是，如果以文學創作的力搶頭香而言，「風頭」芳苑人的謝春木以「追風」為筆名，卻更有追逐風尚、引領風騷的企圖與覺醒。

以小說而言：追風於西元一九二二年五月二十一日至二十三日，以三天時間創作的日文白話小說〈彼女は何處へ？〉

（〈她要往何處去──給苦惱的姊妹們〉），❷ 連載於同年七、八、九、十月出版的《台灣》雜誌第三年之第四、五、六、七號，是台灣新文學史上第一篇小說，甚至於視之爲台灣新文學創作的開始，亦無不可。向陽在《二十世紀台灣文學金典‧小說卷‧日治時期》的〈導言〉中評價這篇小說的深度影響：「追風以強烈的反封建意識，書寫當時台灣女性在舊社會婚約制度束縛下的苦悶，女主角最後決定解除婚約，啓程赴日讀書，追求婚姻與幸福自主權。小說不僅寫出了殖民地台灣作家的反封建、反帝國意識，同時也標誌了對於父權陰影下台灣女性命運的解放期許。由此開始，日治時期的台灣小說，無論是使用日文、中文或台灣話文書寫，都緊密地和殖民地台灣的人民及其命運結合在一起，以批判的、寫實的話語，向殖民帝國進行積極或消極的抵抗。」❸ 可以見出追風這篇小說的啓蒙作用，不僅在於政治意識上的反殖民、反帝國，更在社會倫理議題上反封建、反霸權。

　　以新詩而言：一九二三年五月二十二日，追風以日文寫作〈詩の眞似する〉（〈詩的模仿〉）❹ 組詩，包含〈讚美番

❷ 追風：〈彼女は何處へ？〉，原載《台灣》雜誌第三年之第四、五、六、七號（1922.5.21-1922.5.23），鍾肇政漢譯：〈她要往何處去──給苦惱的姊妹們〉，鍾肇政、葉石濤主編：《光復前台灣文學全集1‧一桿秤仔》，台北：遠景，1979，頁1-36。

❸ 向陽：〈虛構小說，再現歷史〉──《二十世紀台灣文學金典‧小說卷‧導言》，向陽主編：《二十世紀台灣文學金典‧小說卷‧日治時期》，台北：聯合文學出版社，2006，頁3。

❹ 追風：〈詩の眞似する〉，原載《台灣》雜誌第五年第一號（1924.4.10），月中泉漢譯：〈詩的模仿〉，羊子喬、陳千武主編：《光復前台灣文學全集9‧亂都之戀》，台北：遠景，1982，頁1-6。

王〉、〈煤炭頌〉、〈戀愛將茁壯〉、〈花開之前〉四首小詩，發表於一九二四年四月十日出版的《台灣》雜誌第五年第一號，又拔頭籌，成為台灣新詩寫作第一首。

以雜文報導而言：謝春木曾先後出版三本雜文集：《台灣人如是觀》、《台灣人的要求》、《日本主義的沒落》。❺《台灣人如是觀》的內容多為台灣社會裡政治、政黨、文化、教育、經濟、農業的論評，個人旅遊新興中國兩個月六千里，廣及上海、南京、無錫、蘇州、杭州、青島、大連、哈爾濱、長春、奉天、撫順、廈門等地的見聞。《台灣人的要求》則以台灣民眾黨的組織、擴充、戰鬥歷程，以及未來的檢討為主軸，可以視為民眾黨發展實錄。《日本主義的沒落》則從日本主義的起源、演變，論及日本皇室中心主義、神道、武士道，終結於「掩八紘而為宇」的日本主義的沒落。可以看出來，這三本雜文集穿梭於台灣、日本、中國三大地區，關懷面度之廣，書寫領域之大，散文篇幅之鉅，日據時代台灣散文界無人能出其右。為三○、四○年代的台灣、日本、中國留下連結的紋路，為台灣民眾黨留下珍貴的史料，為被欺壓的台灣人發出怒吼、尋找出路，為文明初開的同胞擴大視野，深入認識中國、日本的本質，為散文書寫開拓更寬的空間、更多的可能。

───────────────

❺ 謝春木：《台灣人如是觀》（台灣：台灣民報社，1930 年 1 月，日文），《台灣人的要求》（台灣：台灣民報社，1930 年 9 月，日文），《日本主義的沒落》（重慶，1944，中文）。1974 年，此三書由旅日學者戴國煇先生編輯，在日本東京龍溪書舍復刻出版。1999 年，此三書又由北京前台聯會副會長郭平坦校訂譯文，易名為《謝南光著作選》上下二冊，由台北海峽學術出版社出版。

以戲劇而言：謝春木於一九三○年一月出版《台灣人如是觀》，內藏有劇本一篇〈國有財產即我家財產——不信者請翻開古書〉，❻寫作時間約為此書出版前一年之一九二九，這篇劇本會不會是台灣戲劇創作之首，讓謝春木三創台灣文類書寫第一，值得勘探。〈國有財產即我家財產——不信者請翻開古書〉這樣的標題，怎麼看都不像是戲劇創作的劇目，而且還隱藏在政治評論的雜文中，當然會被讀者所忽略。這齣二幕劇，第一幕場景設於盛產木材的蘭陽地方，時間是昭和三年秋，借三個鋸木工的對話，引出最漂亮的成材扁柏將運往東京，但庶民生活所需要的柴薪卻已不能從後山上撿拾，兩相對比，張力自顯。第二幕場景設於港口基隆，時間是昭和三年冬，一秋一冬，顯示蘭陽的木材已經運到港口，準備出海。這幕劇，戲分兩頭，以驛夫二人的對話顯示，運送來的扁柏全是直木紋的高級板木，數量高達四百四十四石，需要二十一台貨車載送，是某位官員的私用柏木；另一端則是苦力搬運板木的對話，顯示苦力的父親因撿拾柴禾被狀告為竊取國家財產的小偷，全家生活陷入困頓。這兩幕戲劇的連貫線索是運走四百四十四石珍貴扁柏的日本官員，與三、四十名撿拾柴禾被關的台灣平民百姓；兩幕劇文一直以這樣的對比性形成張力，維繫住控訴的力勁，顯然是一齣傑出的短劇。

謝春木一生的純文學作品，據現有資料來看，唯小說、

---

❻ 謝南光：〈國有財產即我家財產——不信者請翻開古書〉，謝南光著・郭平坦校訂：《謝南光著作選》，台北：海峽學術出版社，1999，頁120-124。

新詩、戲劇三篇作品，產量極少，份量卻極重，因爲都具有啓創的功能與效用。如陳芳明（1947-）所言「台灣新文學的起點，無論是小說或新詩，都是從謝春木（追風）開始的。」而且一再強調「台灣的抗日運動與文學運動，從一開始就合流了。」「他的文學作品其實就是做爲政治運動的利器之一。」「把謝春木視爲台灣新文學優良傳統的一個開端並不爲過。要了解此一傳統，就必須把當時的文學作品放在政治運動的脈絡裡來看，才能掌握其內容的眞實意義。」❼ 因此，他將謝春木的作品當作是台灣左翼文學的肇基者、啓蒙者；可惜陳芳明在其《左翼台灣》書中並未就此繼續探討謝春木作品的歷史價值或藝術價值。同時前輩詩人桓夫（陳千武，1922-）曾說〈詩的模仿〉是「台灣新詩的原型」，❽ 因而，本文設定以〈詩的模仿〉作爲研究客體，緣此探索謝春木的成長背景與文化憧憬，將此詩放回台灣新詩發展史中，用以探索此詩的追風的架勢與凌風的趨勢，詩學的意義與美學的地位。

第二節　東京帝都：憧憬與衝激

　　謝春木一九○二年出生於台灣中部濱海地區（彰化芳苑）的地主家庭，一九一九年考進台北師範學校，與二水地區畫家詩人王白淵（1902-1965）同學，❾ 因爲「長年寢食與

---

❼ 陳芳明：〈台灣左翼文學發展的背景〉，《左翼台灣：殖民地文學運動史論》，台北：麥田，1998，頁30。

❽ 桓夫（陳千武）：〈光復前新詩的特性〉，《自立晚報·副刊》（1982年2月21日）。

❾ 王白淵（1902-1965）簡介：王白淵，1902年彰化二水出生，1965年歿於台北，係台灣代表性的早期作家、詩人、文化人，專長：新詩、

共」，所以「彼此比骨肉還親」。❿ 兩年後，一九二一年畢業，同時獲得獎學金留學東京高等師範學校，一九二五年三月畢業，升入高等科，十月，因為二林、芳苑地區爆發台灣第一宗農民運動「二林事件」，其弟謝悅等人涉入其中，所以輟學回國聲援。從此開始他的記者生涯，擔任《台灣民報》（週刊）台北分社記者兼營業部主任，積極投身社會改革工作。

　　一九二一至二五年的留日生涯，謝春木其實已完全介入台灣文化啟蒙運動，先後參加「台灣議會期成同盟會」（1923年2月）、創辦「東京台灣青年會」（1923年7月）、擔任台灣青年會總幹事（1923年12月），多次組織文化講演團返台巡迴演講。更早已前，從一九二〇年七月尚在就讀台北師範的學生時代，即已開始長期閱讀「台灣文化協會」出版的機關誌《台灣青年》，響應「台灣文化協會」的各種活動。根據《荊棘的道路·序》，謝春木提到「同樣十六歲的時候，你和

文化藝術評論。戰前之台北師範學校和東京美術學校畢業，曾任教於溪湖和二水兩座公學校、日本岩手縣盛岡女子師範學校、中國之上海美術專科學校及台北的大同工學院。因受彼時民主獨立思潮、左翼思想影響，思想先進，見識超拔，舉凡二次大戰前後台灣之主要文化活動、組織，幾乎皆有其形跡，故不見容於日本及國府當局，曾先後被捕入獄於兩者的黑牢數次。一生波潮萬丈，曲折坎坷，重要代表作有《荊棘的道路》（詩集）、《台灣美術運動史》和其他關於台灣文化藝術的評論多篇。（陳才崑撰）。見於王白淵著·陳才崑譯：《荊棘的道路》，彰化：彰化縣立文化中心，1995，書前。

❿ 謝春木：〈序〉，王白淵著·陳才崑譯：《荊棘的道路》，彰化：彰化縣立文化中心，1995。《荊棘的道路》此書原名《棘の道》，日本盛岡市：久保庄書店，1931年6月，台灣人出版日文詩集的先鋒。

我一齊進入了台北師範學校。那時我患上憂鬱症，你則像隻
天真爛漫、快活、春天裡載歌載舞的小鳥。」[11] 顯見十六歲
的謝春木早熟於王白淵，已經為台灣的未來在擔憂。根據王
白淵的〈我的回憶錄〉，師範學校將畢業時，同學會拍攝「角
色扮演」的照片，喜歡美術的王白淵打扮成穿西裝的女人，
有的同學扮演卓別林，有的化裝為算命先生，謝春木卻是
「穿著一副台灣服，雙手拿（握）著一輛腳踏車，做將要出發
的姿勢，車子的後方掛了一個招牌，寫了『提高台灣的文化』
的字樣，前面有一個同學裝作日人，站在那邊不肯給他走，
車子的前面亦一樣，掛了一個招牌，寫著『不，再等一些
罷！』的字樣。」[12] 對於日人阻撓台灣文化進步，十九歲的
謝春木深惡痛絕，十分不耐。

　　不到二十歲的年紀他已寫出〈她要往何處去〉（1922年5
月）的小說，這篇小說中的「她」雖是台灣封建婚姻制度下
的女性，其實也象徵著謝春木心中的台灣、台灣文化、台灣
人民，甚至於後來他所積極參與的「台灣民眾黨」，要往何處
去？一九三○年出版的《台灣人如是觀》，許多篇章中仍然一
再出現「要往何處去」的問句，十六歲開始為家國、為台灣
而憂，奔向東京、旅居中國、三十歲以後的謝春木，仍然為
台灣而焦急。

　　有人因為〈她要往何處去〉這篇小說，認為謝春木創造

---

[11] 同前注，謝春木：〈序〉，王白淵著・陳才崑譯：《荊棘的道路》，彰
　　化：彰化縣立文化中心，1995。

[12] 王白淵：〈我的回憶錄〉，王白淵著・陳才崑譯：《荊棘的道路》，頁
　　254-255。此文原稿為中文，寫於1945年11月。

了「解救性意味的東京形象」，肯定「前進東京」的行動，但實際上，現實裡，謝春木的「東京憧憬」更多是「對社會運動、民族運動的嚮往與呼籲」。❸換句話說，這種自覺早在十六歲、十九歲的謝春木心中已經繪製好藍圖，「前進東京」則是劍及履及，落實為行動的開始。「前進東京」，憧憬日本殖民主的成分少，堅定反殖民的衝激力量反而更為巨大而紮實。

　　一九二六至一九二七年謝春木則以結社、組黨為其中心意志，因而成為台灣民族運動炙手可熱的核心人物。最初「台灣文化協會」決議研究政治結社的可行性，謝春木與林獻堂、蔡培火三人被公推為構思行動負責人；其後台灣總督府雖然禁止「台灣民黨」之設立，但蔣渭水、蔡培火、謝春木、彭華英、黃周等人並未氣餒，不改初衷，積極籌劃，一九二七年六月二十四日以謝春木名義申請「台灣民眾黨」政治結社組織，六月二十七日在台中市東華名產會社召開「台灣民眾黨」創立協議會，通過「台灣民眾黨創立案」，並任命謝春木、黃周等人為創立委員，推展建黨工作；七月十日，終於在台中聚英樓正式成立「台灣民眾黨」，這是台灣第一個政黨，就像第一篇小說、第一首詩，謝春木自始至終參與其事。

---

❸ 柳書琴：〈帝都的憂鬱：謝春木的變調之旅〉，政治大學：《台灣文學學報》第二號，2001 年 2 月，即指出謝春木從審思鄉土的文學青年逐漸蛻變為行動派的運動份子，並從文化啟蒙主義的進步青年投身社會主義農工運動，是因為「前進東京」的留學經驗才自我覺醒，因而「揮別東京」，這段留學經驗反成為對帝國離心的變調之旅。

「台灣民眾黨」成立伊始，謝春木膺任中央常務委員，擔任政務部主任，其後又轉任「勞農委員會」主席，對於「台灣民眾黨」黨綱知之甚稔，「台灣民眾黨」追求的理想，包括：

（一）政治上：確立民本理想，實現立憲政治，要求制定台灣憲法，反對三權在握的總督專制政治，立法、司法、行政三權必須完全分立，台灣人應有立法部的協贊權。

（二）經濟上：建設合理的經濟組織，擁護農工階級，確立其生存權，掌握「耕者有其田」的精神，獎勵自耕農，滅除大地主，廢棄特權制度，減少貧富差距，防止資本主義跋扈。

（三）社會上：實現男女平等，提倡婚姻自由，廢止聘金制度，革除社會陋習，普及女子教育，獎勵婦女就業，普及科學智識，撲滅迷信惡習，節約冠婚冗費，廢止喪祭奢侈。

這些黨綱是在一九二七年，謝春木全心參與下，為台灣人的生活描繪出政治民主、經濟富足、社會平等的理想，但是依據歷史發展的進程，謝春木早在一九二二、二三年，即已寫出他的（也是台灣的）第一篇小說、第一首詩，陳芳明說「他的文學作品其實就是做為政治運動的利器之一」，[14] 倒不如說他的政治實踐是因為文學之火所點燃，政治運動是為實踐文學理想而發的利器。

可惜，隨著「台灣民眾黨」結束政治活動（1932年2月），蔣渭水先生逝世舉行大眾葬（1932年8月），日本政府

---

[14] 陳芳明：〈台灣左翼文學發展的背景〉，《左翼台灣：殖民地文學運動史論》，台北：麥田，1998，頁30。

以不許謝春木留任總社作為《台灣新民報》改版日刊的交換條件，謝春木舉家遷赴上海（1932年12月），並改名謝南光（1933年12月），謝春木與台灣的關係，不論是政治或文學，就越來越疏遠了：南洋華僑聯合會書記（1933年12月），國民政府軍事委員會國際問題研究所秘書長（1938年10月），台灣革命同盟會常務委員暨主任委員（1943年11月），中國駐日代表團委員、第二組政治經濟組副組長（1945年9月）。一九四九年中國江山易色，謝南光曾出任日中友好協會理事，一九五二年由東京前往中國，參加政治協商會，擔任中國人代常務委員會委員，直至一九六九年七月逝世。❶ 這些頭銜與台灣的命運不能說是貌不相涉，但也無法說是確然相關。這麼漫長的三十八年，謝春木與台灣的唯一繫連，竟是一九五二年在福建「對台廣播」這一點小小的政治行動。「在『支那民族』與『台灣漢人』兩個似分又合的主體位置之間，再三徘徊，最終得到寧為『半殖民地』之民而享有部分主權，也不作全無主權的『殖民地』之民的結論。」❶ 謝春木與台灣，也就漸行漸遠了！

　　文學人追風？文化人謝春木？政治人謝南光？這樣的三重身份，何者可以讓他在台灣的歷史中留名，其實也是頗堪玩味的事。

---

❶ 以上生平事蹟，參考〈謝南光（春木）先生大事略記〉，謝南光著・郭平坦校訂：《謝南光著作選》，台北：海峽學術出版社，1999，頁561-564。

❶ 方孝謙：《殖民地台灣的認同摸索》第二章，台北：巨流圖書公司，2001，頁116。

　　兩岸政治所造成的百年隔絕，終究造成台灣文學要以曲線行進，文學人追風，台灣第一首新詩，所能影響於台灣詩壇的，當然也就不可能是直接衝撞的那種力勁。

　　瓦特金斯（Watkins, Frederick M.）在他的《意識型態的時代》[17] 書中指出：意識型態（ideology）幾乎完全出自於政治的極端份子（political extremes）之手。他認為意識型態總是反對現狀的，要使既有的秩序，發生急速的變遷。他指出：大部分的意識型態是以簡單的詞句來陳述其主張，就其目標而言，它帶有烏托邦的色彩，而且通常對人類追求成功和幸福的潛力，展露出無比的信心。根據瓦特金斯的見解，保守主義因為護衛現狀並抗拒變遷，所以它是「反意識型態的」（anti-ideology）。[18]

　　作為文化人、政治人的謝春木，反對既有秩序，對未來充滿信心，絕對不會是「反意識型態的」的保守主義者。因此，寫作小說、新詩，衝第一；組織政黨，衝第一！他的小說、新詩、戲劇創作，都只有一篇傳世，而且篇幅偏短，都屬於「以簡單的詞句來陳述其主張」的意識型態創作，若是，他的新詩內容是否也保持著這種「衝第一」的意識型態，為台灣新詩預示新的可能？值得據此繼續觀察。

---

[17] Watkins, Frederick M., "The Age of Ideoligy：Political Thought, 1950 to the Present" 2nd ed, Englewood Chiffs,NJ：Printice-Hall,1969.

[18] Leon P. Baradat 著，陳坤森‧廖揆祥譯：《政治意識形態與近代思潮》（"Political Ideologies：Their Origins and Impact"），台北：韋伯文化事業，1998，頁 9-10。

第三節　第一首詩：史實與史識

　　日制時代台灣新文學的創作與傳承，在一九四九年國民黨轉進台灣以後中斷三十年。最早的大部頭日制時代文學選集遲至一九七九年才問世，重要資材有二：一是李南衡主編的《日據下台灣新文學》「明集」五冊，包含《賴和先生全集》、《小說集一》、《小說集二》、《詩選集》、《文獻資料選集》。❶二是鍾肇政・葉石濤主編的《光復前台灣文學全集》1至12冊，包括《一桿秤仔》等小說選八冊，《亂都之戀》等詩選四冊（詩選四冊，由羊子喬・陳千武主編）。❷

　　前一套書只收中文、台語漢字作品，未及日文書寫，謝春木、王白淵、翁鬧等人作品均付諸闕如，因此，這套書《詩選集》的第一首詩是施文杞❸的〈假面具〉（作於一九二三年十二月二十一日，上海南大，原載於《台灣民報》二卷四號，一九二四年三月十一日）。後一套書《光復前台灣文學全集》詩選第一冊《亂都之戀》，則以追風的〈詩的模仿〉為第一首（作於一九二三年五月二十二日，原載於《台灣》第五年第一號，一九二四年四月十日）。但第二人仍是施文杞，

---

❶ 李南衡主編：《日據下台灣新文學》「明集」五冊，台北：明潭出版社，1979年3月。

❷ 鍾肇政・葉石濤主編：《光復前台灣文學全集》（1-8）小說選八冊，台北：遠景出版社，1979年7月。羊子喬・陳千武主編：《光復前台灣文學全集》（9-12）新詩選四冊（分別是《亂都之戀》、《廣闊的海》、《森林的彼方》、《望鄉》），台北：遠景出版社，1982年5月。

❸ 施文杞，彰化鹿港人，曾赴日求學，一九二二年赴菲律賓，一九二三年到上海就讀南方大學。錄自羊子喬・陳千武主編：《亂都之戀》，台北：遠景出版社，1982年5月，頁7。

選詩二首：〈送林耕餘君隨江校長渡南洋〉（作於一九二三年十月十三日於上海南大，原載於《台灣民報》第二卷第十二號，一九二三年十二月一日）及〈假面具〉（與李南衡所編《詩選集》記錄相同）。

　　羊子喬（楊順明，1951-）在《光復前台灣文學全集》之《亂都之戀》書前撰有專文〈光復前台灣新詩論〉，明確指出「台灣之有新詩，大約始自一九二三年五月二十二日，追風以日文寫了〈詩的模仿〉——四首短詩，發表於一九二四年四月十日出版的《台灣雜誌》第五年第一號，這是模仿新詩的形式而寫就的作品。」[22] 此書另一位編者桓夫（陳千武，1922-）則在編輯此書的同時，發表〈光復前新詩的特性〉（台北：《自立晚報・副刊》，1982年2月21日）亦持相同見解。〈詩的模仿〉作為台灣新詩寫作第一首，《光復前台灣文學全集》十分篤定。

　　青年學生張靜宜則根據《光復前台灣文學全集》之《亂都之戀》所登詩作，發出〈誰是台灣新詩第一位作者？〉的疑惑，他的理由是：一、〈詩的模仿〉寫作在前，施文杞的詩發表在先，「以發表時間為準來得公正客觀」，二、「以追風的日文詩為台灣新詩的起始，在語言使用上來看也有待商榷」，所以應以施文杞的〈送林耕餘君隨江校長渡南洋〉作為台灣新詩濫觴。[23]

[22] 羊子喬：〈光復前台灣新詩論〉，羊子喬・陳千武主編：《亂都之戀》，台北：遠景出版社，1982年5月，頁12。

[23] 張靜宜：〈誰是台灣新詩第一位作者〉，《聯合報・副刊》，2004年6月18日。

　　此文引起向陽為文討論，向陽表面上未直接判定何者為先，但論及「史識優於史實」的觀點，頗值得省思：「歷史論述一如新史學大師懷特（Hayden White）所說，並無『單一』的正確的看法，因為『在選擇藉以整理過去、現在和未來世界的隱喻時，構成這些事實的本身，就是他必須解決的課題』；此外，另一位大師詹京斯（Keith Jenkins）在他的《歷史的再思考》（Re-thinking history）中更直言歷史是一種論述（discourse），『歷史論述過去，但絕不等於過去』，這當中的差異在於：『過去』意指各處從前發生過的事，但歷史則是一種『史料編纂』（historiography），過去已經逝去，只能藉由歷史學者通過史料喚回，但實際發生的事件絕不會重現，『歷史只是由史家所建構出的可以自圓其說的論述』。」[24] 向陽實際的論點偏向謝春木，但大談歷史是一種論述（discourse）、一種史料編纂（historiography），彷彿在強調〈詩的模仿〉之所以成為台灣第一首新詩是文學史家論述的結果，而不是實質的第一，反而模糊了誰是真正第一的焦點。

　　如果以現有資料作比較，追風的〈詩的模仿〉與施文杞的〈送林耕餘君隨江校長渡南洋〉，兩者都有詩末簽署寫作月日的習慣，〈詩的模仿〉作於一九二三年五月二十二日，〈送林耕餘君隨江校長渡南洋〉作於一九二三年十月十三日，這才是真正的第一手判定資料，隨手簽署原是為了忠於自己而存真，並不知日後還要與人比較孰先孰後的問題，不會有作假的嫌疑。至於發表日期，牽涉到郵遞過程的時間（東京

---

[24] 向陽：〈歷史論述與史料文獻的落差〉，《聯合報・副刊》，2004 年 6 月 30 日。

到台北與上海到台北）、雜誌刊期的長短、雜誌稿件的多寡、主編選稿的意願，甚至於雜誌社印刷經費等等，涉外因素太多，反不如以寫作日期作為判讀依據來得迅速而直接，既不背離史實，也不悖棄史識。

日制時代文學家所使用的語言（文字）有三種，一是賴和等人所使用的台語漢字，二是張我軍等人所使用的中文，三是謝春木等人所使用的日文，這是殖民地悲慘的遺跡，因此，如果以「以追風的日文詩為台灣新詩的起始，在語言使用上來看也有待商榷」作為立論依據，則是昧於史實，又拙於史識，最不可取。

向陽在〈歷史論述與史料文獻的落差〉文中，又發現新資料：「被《台灣民報》首度標明為『新詩』加以發表的作品，是一九二三年十月十五日第八號〈莫愁〉，作者『各丁』，這首詩寫於一九二二年八月十二日上海南方大學，在創作時間上和發表時間都早於追風和施文杞。如果僅以發表序來論，則各丁的〈莫愁〉才是台灣新詩史的第一位作者、第一篇作品。但何以各丁從未被提及（包括張靜宜之文）？這就關係到歷史論述無法單純以『過去』直斷，而是經過文獻整理、論述再現的結果。」向陽判斷「各丁〈莫愁〉一詩未被計入台灣新詩發展的第一篇作品，應與他並非台灣籍作家有關。」❻此一論定，則是典型「史識優於史實」，因而維繫

❻ 同前注。根據向陽查自《台灣民報》的資料，各丁本名劉國定，湖南人，與施文杞是同學（該報第二卷第一號刊施文杞〈勉謂國定〉詩序，同時刊有他的新詩〈不娶你〉，署名劉國定，下註「即各丁」），發表〈莫愁〉一詩時的身分為「中華民國勵學會長、上海南方大學文科學員」（同期另刊有他的評論〈學者應具的眼光〉所署）。

住謝春木〈詩的模仿〉作爲台灣新詩寫作第一首的地位。

其實，最重要的說服力，應該來自詩作本身，〈詩的模仿〉如何從西洋、日文詩的外在形式，模仿詩的寫作眞髓，進而成爲台灣新詩寫作的範式，這才是〈詩的模仿〉眞正贏得的文學史第一的「史識」。

第四節　詩的模仿與詩的模式

桓夫的〈光復前新詩的特性〉已爲〈詩的模仿〉作了定調性的工作，根據他的主題分析，這四首詩分別具有「抵抗」、「批判」、「愛」與「花」等四種詩的原型。如果再將這四種原型加以歸納，顯然可以將這四首詩分成兩組，一組是爲人生而藝術的「抵抗與批判」的精神，一組是爲藝術而藝術的「愛與花」的美的追求。以這樣的態度看待台灣新詩發展，台灣新詩的格局顯然是大氣度、大氣魄，扇形開展。即使是在殖民政府高壓統治之下，即使是在推展農工階層社會運動的謝春木筆下，台灣新詩依然盛開著花、散播著愛。

追風的〈詩的模仿〉已無法探知當初模仿的對象爲何，但他無意中確立的台灣新詩模式卻具有永久性的終極導向，簡略而言：一爲土地哲學的尋索，一爲自然美學與超自然美學的交替活用。

一、土地哲學的尋索

〈詩的模仿〉這一組詩，各詩之間看不出緊密的繫聯關係，但如果仔細尋找，前兩首與台灣土地有著密不可分的關

係：

〈讚美番王〉

我讚美你
你以你的手，你的力量
建立你的王國
贏得你的愛人
你不剽竊人家功勞
我讚美你
你不虛偽，不掩飾
望你所望的
愛你所愛的
你不擺架子

　　此詩分兩節，前節歌頌原住民能憑自己的能力生存，暗諷殖民主盜取台灣資源，剽竊台灣財富，對照謝春木所寫的劇本〈國有財產即我家財產──不信者請翻開古書〉，純真的原住民與貪婪的日本人立即形成鮮明的對比。或以為此詩在歌頌獨立建國的可貴，因為詩中出現「王國」二字，實則在日本帝國統治下，原住民所轄地區仍然是殖民之地，何有治外之民能逃此一劫？霧社事件就是最好的證明。後節則在稱頌原住民的直率，不虛偽、不掩飾、不擺架子，而且勇於「望你所望，愛你所愛」，比之於漢民族做人的繁文縟節，做事的因循苟且，原住民的率真親切則有立竿見影之效！如果

再佐以謝春木《荊棘的道路・序》所言：「只因血液不同之故，動輒受到歧視。」「我們在師範學校接受的思想是德意志的理想主義。我們都是從觀念論……帝國主義者的思想武器……出發。我們的確描繪過快樂的烏托邦，然而，我們自己唾棄了這份尚待斟酌的慶幸，並非後來的事。」「在台灣，教育台灣人的目標乃是在於促使台灣人同化於日本，崇拜日本人，輕蔑支那人。在公學校的範圍，確實教育很成功。畢業於公學校的我們，都曾經是徹底的日本崇拜者。但是進入社會之後，過了一陣子，不得不覺悟到此一觀念的荒唐，這是令人悲痛的事，同時也是令人痛恨的事。」[26] 兩相對照，這首詩控訴日本殖民政府的欺瞞政策、兩面手法，也就更為深刻了！

〈煤炭頌〉

在深山深藏
在地中地久
給地熱熬了數萬年
你的身體黝黑
由黑而冷
轉紅就熱了
燃燒了熔化白金
你無意留下什麼

---

[26] 謝春木：《荊棘的道路・序》，王白淵著・陳才崑譯：《荊棘的道路》，彰化：彰化縣立文化中心，1995。

〈煤炭頌〉則是對於埋藏地底、不為人知的煤炭的歌頌，頌揚犧牲自己、奉獻社會的一種美德。「給地熱熬了數萬年」，誇張（卻又寫實）的句子，具體化煤炭隱匿地下徹底犧牲的形象；「你無意留下什麼」，平實的說詞，有著些微的嘆息，更多的卻是為廣大的普羅大眾，低下的農工階層，那些黝黑的身體、黝黑的面孔，給予最響亮的掌聲。

被殖民者對於殖民主的論述或態度，通常依循著這三個步驟：喋血的衝動，妥協的趨勢，傾斜的可能，就小說而言，十分明顯，賴和（1894-1943）的《一桿秤仔》（1926）、楊逵（1906-1985）的《送報夫》（1932）、龍瑛宗（1911-1978）《植有木瓜樹的小鎮》（1937）可以做為這種轉折的代表作。追風的小說也有東京憧憬的趨勢，但未有明顯的位移動作。做為新詩肇基者的追風，在他的新詩中完全拋除這種國族的認同，反向選擇人性認同，選取台灣最卑微的族群——原住民，大地最卑微的物產——煤炭，作為認同、歌詠的對象。

這就是以「土地」作為哲學思考的對象，不以國族認同作為唯一的依憑。台灣的國族認同從蔣渭水、謝春木的時代就已十分分歧，不同的作者佔據了不同的主體位置，㉗從未

㉗ 根據方孝謙的研究，台灣民族認同，在台灣文化協會分裂後，有佔據「中國漢族」位置的（謝春木），也有站在批評中國民族性位置的（陳逢源）；有消極主張「台灣漢族」自治自保的（林獻堂、蔡培火），也有積極倡導以統一閩南語「自由」結合的「台灣型民族者」（連溫卿）；雖然整體上是反對大和民族佔領台灣的，卻也有人以「台灣人全體」（蔣渭水）或「同胞」（蔡培火）試圖容納日本人中的友人；最後也有從留學或者實際經驗中選擇從「階級」位置上發言的（許乃昌、蔣渭水）。參見方孝謙：《殖民地台灣的認同摸索》，台北：巨流圖書公司，2001，頁119。

得出正解。但是，如果以「土地」認同做爲作品書寫的客體，必定可以找到大家認可的公約數。追風的〈讚美番王〉、〈煤炭頌〉，爲台灣新詩開啓最寬廣的運動場域。

二、自然美學與超自然美學的活用

　　詩文學之爲意象藝術，已經是眾所皆知的常識。意象的創作，可以尋找出最主要的兩個源頭，一則關乎意象的眞實性，一則關乎意象的創造性。以亞里斯多德的話作爲思考的基礎：「詩人的職責不在於描述已經發生的事，而在於描述可能發生的事，即按照可然律或必然律可能發生的事。」[28] 所以，「形象雖然是模仿現實的產物，但它卻可能比個別的現實事件更爲眞實，因爲它反映了現實中帶本質性和規律性的東西。」[29] 抄襲自然、模仿自然，這是關乎意象的眞實性，可以視之爲「自然美學」的一部份。另一方面，就亞里斯多德所說「詩人的職責在於描述可能發生的事」，乃屬於形象的創造性，亞里斯多德還認爲：一切事物的形成都是由於材料因、形式因、創造因和最後因的相互作用。文藝也是如此。自然只是材料因，作品的形式是形式因，藝術家是創造因。因此藝術的創造活動不只是抄襲自然的外形，而是模仿自然那樣「創造」，將形式賦予材料。[30]

[28] （古希臘）亞里斯多德・（古羅馬）賀拉斯著、羅念生・楊周翰譯：《詩學・詩藝》，北京：人民文學出版社，1962，頁25-26。
[29] 趙炎秋：《形象詩學》，北京：中國社會科學出版社，2004，頁16。
[30] 朱光潛：《西方美學史》上冊「亞里斯多德」，北京：人民文學出版社，1979。引自趙炎秋：《形象詩學》，北京：中國社會科學出版社，2004，頁16-17。

這是「超自然美學」的一部份，模仿自然而創造（另一個自然）。當然，超自然美學繼續發展的結果，會運用或研創一些超自然的神秘現象，奇異的光影，極限之外的或然，充滿魅惑性的詩藝或詩境。

簡言之：

意象的真實性——是一種自然美學，

意象的創造性——是一種超自然美學。

準此以觀〈詩的模仿〉後兩首，戀愛的心靈是屬於超自然美學的範疇，但追風命題為〈戀愛將茁壯〉，又將戀愛當作是可以自然成長、茁壯的天然之物；花開，是大自然現象，花開之前則是一種心境的期待或喜悅。自然與超自然，相互交疊，彼此開放，呈現出大自在、大和諧。

〈戀愛將茁壯〉

談不上美麗可愛

跟你今天約會，明天也約會

後天又要幽會吧

今天給你感動一項

明天又要給你迷上一項

不長的紅頭髮

不大的眼睛

如今變成不見面的嘆息之源

嫻淑的步履

高雅的微笑

都在渾然中成為航海的燈光
戀愛是茁壯的

　　這當然是一首情詩，戀愛將茁壯，肯定愛與日俱增（今
天約會明天約會後天也要約會，今天感動明天更增迷戀）。茁
壯的現象則是：就因為是你，即使頭髮不長、眼睛不大，不
見面也思念；就因為是你，一步一笑都成為人生旅程中的指
引。小說〈她要往何處去〉描寫桂花尚未見到清風之前，幻
想著兩人一起在淡水海濱並肩散步，在北投林木間逍遙ㄔ
ㄉ，這就是戀愛的心情，無關乎政治清明不清明，主權在己
或在人。

〈花開之前〉

亭亭玉立
菖蒲之纖細條莖
年輕蓓蕾
飽涵著思惟
難挨的梅雨季
快要天晴了吧
那麼，我們都
索性微笑吧

　　這是一首抽象思維的詩，可以是等待花開的欣喜，可以
是盼望玉女成長的喜悅，可以是吉瑞之兆將臨的興奮，以及

由此延伸出去的任何喜慶。此詩以三個意象綴合而成，最傑出的是「年輕蓓蕾／飽涵著思惟」，「蓓蕾」是自然的意象，「飽涵著思惟」卻是轉化的超自然意象，這句詩可以是美麗的花卉引人遐想，可以是美麗的玉女煥發著生命的彩光，也可以是年輕的生命盈溢著無限的可能。新詩的無窮意涵，在台灣第一首〈詩的模仿〉出現時就已成功綻放！

第五節　結語：台灣新詩的終極導向

最污濁的泥沼中可以開出聖潔的花卉，最惡劣的環境裡更應該有幽雅的愛展示人前，追風的〈詩的模仿〉在一九二三年台灣深陷異族統治的噩夢中，靜靜地開啟詩藝術的大門，篇幅不大的四首小詩，預示著台灣新詩的終極可能：

以〈讚美番王〉、〈煤炭頌〉肯認土地，願意親吻這片土地上卑微的人與物。

以〈戀愛將茁壯〉、〈花開之前〉肯認愛與花，相信這片土地上的台灣人需要閱讀或創作愛與花的詩篇。

「讚美」、「頌歌」、「戀愛、茁壯」、「花開之前」，這些詞彙無不充滿喜悅與期待，是積極與光明的追求。據查一個人到底傾向左派或右派的最大單一因素，在於他對人性本質（nature of people）的看法，「如果一個人相信他的同胞必然是道德的而且是理性的，則他偏向於政治光譜上的左派。這些左派人士將嘗試避免對人類的自由施以嚴刑峻法，而且他們也嘗試為觸犯法網的人，尋求合理的說詞。」[31] 謝春木小

---

[31] Leon P. Baradat 著，陳坤森・廖揆祥譯：《政治意識形態與近代思潮》（"Political Ideologies：Their Origins and Impact"），台北：韋伯文化事業，1998，頁51。

說〈她要往何處去〉的三角戀情，男主角清風憑著一封信，理性解決了媒妁之言的婚約，兩個受情所困的女性桂花與阿蓮，處處都為對方著想，從未怪罪對方，他們都以最寬容之心，理性解決婚姻與愛情的難題。謝春木的詩，一樣以欣喜的心看待世界，在卑微之中發現高貴，在梅雨季時等待天晴，戀愛則期待苗壯，黝黑而冷也期待發熱發光。謝春木被陳芳明歸之為「左翼文學」的濫觴，是因為他掌握了這種仁慈之心，美善的意願，掌握了文學的終極目標。

被公推為人本心理學之父的馬斯洛（Abraham Maslow，1908-1970），認為心理學家往往只探討人類病態的樣本，如情緒困擾者，卻忽視了人性積極的特質，如快樂、滿足與平靜的心靈，是一種遺憾。他說：「以殘障、心智不全、不成熟和不健康的樣本來探討，只可稱為是殘缺的心理學。」❷ 以追風〈詩的模仿〉開創的台灣新詩，顯然不會是殘缺的文學，因為他追索土地哲學的深義，也盛開自然與超自然美學的花蕊。

❷ Duane Schultz & Sydney Ellen Schultz 著，陳正文等譯：《人格理論》，台北：揚智文化公司，1998，頁338。

參考文獻

書目（依作者姓氏筆畫序）：

方孝謙：《殖民地台灣的認同摸索》，台北：巨流圖書公司，
2001。

王白淵著·陳才崑編譯：《荊棘的道路》，彰化：彰化縣立文化中
心，1995。

向陽主編：《二十世紀台灣文學金典·小說卷》，台北：聯合文學出
版社，2006。

朱光潛：《西方美學史》，北京：人民文學出版社，1979。

羊子喬、陳千武主編：《光復前台灣文學全集9·亂都之戀》，台
北：遠景，1982。

李南衡主編：《日據下台灣新文學》「明集」五冊，台北：明潭出版
社，1979。

康原：《文學的彰化──彰化縣新文學作家小傳》，彰化：彰化縣立
文化中心，1992。

陳芳明：《左翼台灣：殖民地文學運動史論》，台北：麥田，
1998。

趙炎秋：《形象詩學》，北京：中國社會科學出版社，2004。

謝南光著·郭平坦校訂：《謝南光著作選》，台北：海峽學術出版
社，1999。

鍾肇政、葉石濤主編：《光復前台灣文學全集1·一桿秤仔》，台
北：遠景，1979。

篇目（依作者姓氏筆畫序）：

向　陽：〈歷史論述與史料文獻的落差〉，《聯合報·副刊》，2004
年6月30日。

柳書琴：〈帝都的憂鬱：謝春木的變調之旅〉，政治大學：《台灣文
學學報》第二號，2001年2月。

張靜宜：〈誰是台灣新詩第一位作者〉，《聯合報·副刊》，2004年

6月18日。

譯書（依作者姓名字母序）：

Duane Schultz & Sydney Ellen Schultz 著，陳正文等譯：《人格理論》，台北：揚智文化公司，1998。

Leon P. Baradat 著，陳坤森・廖揆祥譯：《政治意識形態與近代思潮》（"Political Ideologies：Their Origins and Impact"），台北：韋伯文化事業，1998。

第3章 林亨泰：建構台灣的新詩理論
——細論林亨泰所開展的八方詩路

第一節　前言：北斗指極林亨泰

　　在《台灣新詩美學》的共構論述中，我將林亨泰（1924-）列於現實主義詩人中加以探索，但在行文時卻又不自覺地吐露他的現代主義觀點。譬如：

　　其一，在引述呂興昌（1945-）歸結林亨泰詩路歷程所說的話：「林亨泰之『起於批判——走過現代——定位本土』的創作歷程，正是台灣新詩發展的一個典型縮影。」❶ 我更進一步指出「林亨泰『銀鈴會』（1942-1949）時期的『批判』是現實主義的精神，『笠詩社』時期（1964-）的『本土』是現實主義的內涵，『現代派』時期（1953-1964）的『現代』仍是以現實為其內容，只是透過現代主義手法、知性思考、形銷骨立的語言策略，給出心眼裡的現實，就因為給出的是心眼裡的現實，知性的現實，才可以支應真正現實中的千變萬化，才可以傳遞百代千世而依然是『真』的現實。林亨泰的現實反應不同於一般見事起興、聞雞起舞的淺薄現實主義者，因而才有這樣的讚辭：『他真摯地站在現實基礎上，並

❶ 呂興昌（1945-）：〈走向自主性的時代〉、〈林亨泰四〇年代新詩研究〉，二文均收入《林亨泰研究資料彙編》下冊，彰化：彰化縣立文化中心，1994年6月，頁365-376，頁378-446。此一引言分別見於頁366、379。

堅持知性視野，呈現了獨特的形象，堪稱台灣戰後詩現實主義者的典範。』❷」❸ 在這段話中，我所強調的是：如果不是透過現代主義的洗禮與認知，林亨泰的現實主義詩作將無異於其他的現實主義者，無法超越於一般的現實主義者，因此也就泛泛如同普通的現實主義者。

其二，在「物」之「理」的思考上：「至簡至約的『物』的探索，異於一般現實主義者敘『事』的書寫方式。但『評者之討論往往脫離不了一個惡習──即一味地以詩人對現實乃至社會所作的外在描寫的多寡，作爲判斷作品中現實觀乃至社會性之有無的憑據。』對這種現象，林亨泰深不以爲然，他說：『詩人在許多場合必須把自己所關心的焦點從描寫外在的客觀狀況移至表現內在精神的層次上，縱使他所表現的正是有關現實的外在問題，也非得把它當作內在精神的表現問題來處理不可。』❹ 揀擇『物』，探索『物』，推究『物』至極處以尋其『理』，是爲了追蹤『物』的『內在精神的層次』，這是林亨泰與一般人相異的現實主義美學特質。」❺ 強調這種「從描寫外在的客觀狀況移至表現內在精神的層次上」，其實就是現代主義最主要的精神與內涵，林亨泰早就提出這樣的觀點，並親自加以實踐。

---

❷ 林亨泰於一九九二年十月榮獲第二屆「榮後台灣詩獎」，此爲詩獎讚辭，收入《林亨泰研究資料彙編》下冊，頁377。

❸ 蕭蕭（蕭水順，1947-）：《台灣新詩美學》，台北：爾雅出版社，2004，頁181-182。

❹ 林亨泰：〈現實觀的探求〉，《林亨泰全集》（十冊）之第四冊，彰化：彰化縣立文化中心，1998年9月，頁204。

❺ 蕭蕭：《台灣新詩美學》，頁199-200。

其三，我在〈林亨泰呈現的現實主義美學〉中以這樣的一段話作結：

> 林亨泰，台灣詩壇的哲人，他的詩冷如匕首，但刺出去的力勁卻熱如鮮血。冷的是言語的削減、情緒的濾除，熱的是生命的活力、物理的沉思，唯其如此，他的詩不會引起喧囂，卻有一股深沉穩定的力量在推促，一把熾熱的火苗在內心深處燃燒。
> 「沒有語言／這世界／可能也沒有什麼驚訝」❻
> 林亨泰以最精簡的語言說最強悍的事件，引發最大的驚訝。
> 「沒有驚訝／這世界／可能也沒有什麼情愛」
> 林亨泰以哲人之眼深入事物的核心，究其理，闡其微，發現聖人凡人共通的人性，現實世界共存共榮的奧義。
> 「沒有情愛／這世界／可能再也無須留戀了」
> 歸結於人性的現實主義詩作，才是永恆的詩，詩的永恆。❼

語言→驚訝→情愛，依循這樣的指標前進，我們才會發現真正完整的林亨泰，長期在現實主義與現代主義之間拉鋸的詩人，而且這種拉鋸無所謂哪方輸、哪方贏、哪方勝、哪方敗。喜歡二分法的人，喜歡站在某個球根指責另一個球根

❻ 林亨泰：〈爪痕集之六〉，《林亨泰全集》（十冊）之第三冊，頁24。
❼ 蕭蕭：《台灣新詩美學》，頁207。

的人，似乎都無法援引林亨泰作為有力的「政治正確」的例證，卻也無法援引為「反證」，更無法忽略林亨泰的存在，他是台灣新詩史上不能不論述的重要客體。

這時，如果我們回頭看看康原（康丁源，1947-）筆下的少年林亨泰，成長於濁水溪與大肚溪兩溪之間的他，早已隱隱約約透露出這兩種心思的糾葛：

> 「身材高大的林仲禮先生，是林亨泰的三叔，常帶著他到大肚溪畔玩耍，在溪邊，林仲禮常把泥土塗在手掌上，然後用水洗掉，並說：『手髒了要用肥皂，才能洗乾淨。』泥土成了林亨泰心目中的肥皂，只是想不通三叔為何會把泥土當肥皂？」❽

> 「小時候的林亨泰，喜歡呼朋引伴一起玩耍，像是個『囝仔頭王』。遊戲的方式是定一個主題，再讓每個人說出自己的想像：以『如果我是神仙』的主題為例，可以這樣說：『如果我要過一條河，我會將雙腳變長，一腳跨過河流。』每個人的想法都十分荒誕、誇張，但也因此充滿樂趣。」❾

第一個引言，以泥土當肥皂使用，是相當寫實的鄉土生活，但其中「以泥土代肥皂」的做法，雖然是生活累積的經

---

❽ 康原（1947-）：《八卦山下的詩人──林亨泰》第一章，台北：玉山社，2006，頁13。

❾ 康原：《八卦山下的詩人──林亨泰》第一章，頁15。

驗，卻也是創意的發揮。

第二個引言，幻想自己是神仙，練習荒誕與誇張的想像力，顯然是現代主義常用的技巧，卻也是活生生的童年幻想的樂趣。

林亨泰出生在北斗（一九二四年十二月十一日生於當時的台中州北斗郡北斗街西北斗六百三十六番地外祖母家中），成長在北斗（林亨泰的祖父設籍在北斗街西北斗三百七十九番地），初期教育在北斗地區完成（一九三一年隨父親行醫開業，就讀北斗郡坩頭庄小埔心公學校一年級，第二學期轉回北斗公學校就讀），高等教育在北斗奠基（一九三七年自北斗公學校畢業，進入原北斗公學校高等科就讀兩年畢業），林亨泰與北斗關係密切，一九四四年任教田尾國小，一九五〇年自台灣師大教育系畢業後，任教北斗中學三年後才轉任彰化高工。因此，在現實主義與現代主義的共構與交疊中，如果以北斗七星的構圖爲喻，林亨泰就如北斗七星中的「天璇」與「天樞」的聯線，延長五倍，可以找到眾星拱衛的北極星，或可視爲：沿著現實主義與現代主義的共構與交疊，延長五倍，林亨泰成就台灣詩學中最亮的所在。

以下將以「詩：八卦所開展的多向現實諷喻」、「哲：八爪所開發的多元現代詩論」兩節論述，確立台灣詩哲林亨泰的歷史地位。

第二節　詩：八卦所開展的多向現實諷喻

曾有年輕學者以林亨泰詩作主題作爲分類的依據，約略以年代之別，共時性的歸納出林亨泰詩作的六個內涵：女性

處境的關懷，自然景觀的描繪，鄉土經驗的詮釋，社會生活與現象的關切，現實政治的諷喻，心靈世界的反省。❿ 呂興昌〈林亨泰四〇年代新詩研究〉則從七個層面探討林亨泰詩作特色，包含：知性光照下的抒情，意念的情境轉化，女性典型的塑造，原住民經驗的詮釋，社會苦難的關懷，現實政治的婉諷，語言的跨越。⓫ 可以看出林亨泰詩作的現實傾向，其面度十分開闊。

康原因為長年與林亨泰共事（彰化高工，1970-1974），他們兩人都長期居住八卦山腰，康原嫻熟八卦山地形地勢，出版過《八卦山》詩集，⓬ 當他撰寫台灣第一本林亨泰傳記，自然將此書定名為《八卦山下的詩人——林亨泰》。

關於八卦山的命名，最初應該是山上建有「八卦亭」，所以稱為「八卦亭山」，因而與周易八卦產生聯想，如連橫（1878-1936）《台灣詩乘》中，收入流寓彰化的晉江秀才蔡德輝寫的一首〈八卦山〉詩：「曉登八卦山，歸來讀周易；掩卷一回思，山行尤歷歷。」⓭ 就是將登八卦山與讀周易相連結。另一個說法，康原認為：台灣的反清運動中，不管是林爽文、戴潮春、施九緞、陳周全……等，都與八卦會有關，也都在八卦山上開闢戰場。實際上『八卦會』是『天地會』

---

❿ 柯菱玲：《林亨泰新詩研究》，成功大學中國文學研究所碩士論文，1999。其第五章為〈詩作之主題內涵探析〉。

⓫ 呂興昌：〈林亨泰四〇年代新詩研究〉，《林亨泰研究資料彙編》下冊，頁378-446。

⓬ 康原：《八卦山》，彰化：彰化縣文化局，2001。

⓭ 蔡德輝：〈八卦山〉，連橫（1878-1936）《台灣詩乘》，南投市：台灣文獻委員會，1992，頁192。

的別稱，乾、坤二卦所對應的就是「天、地」二字，乾隆年間天地會的活動，以彰化為中心，因此彰化的民族運動，實為台灣抗清運動中最重要的一環，彰化為天地會發展之搖籃，故將扼守屏障之山崗稱「八卦山」。❶顯然，康原有意將林亨泰的生活與思想，指向「抗議」精神的傳承。但我以為回到「八卦」最原始的意義，不以「八卦山」為限，才能真正開展出林亨泰詩與詩論的大格局、大氣魄。

八卦，原是《周易》中的八種圖形，以陽爻（—）、陰爻（- -）組合而成，其名為：乾、坤、震、巽、坎、離、艮、兌，對應著八種自然現象：天、地、雷、風、水、火、山、澤，是中國最古老的哲學的起源，是自然景觀與人文思想的結合，由此八卦發展出來的《周易》，游喚（游志誠，1956-）認為是「最標準的一本文學作品，有結構，有隱喻，有絃外之音，有足供天馬行空的聯想材料。而它正是藉文學形式、文學手法表達或玄妙或平實、或抽象或具體的哲理。」❶因而有「作者之心未必然，讀者之心未必不然。作者用一致之思，讀者各以其情而得之。」❶這種讀詩的效應。

以下以時代先後選讀林亨泰八首詩，雖無法符應「天、地、雷、風、水、火、山、澤」的八卦現象，但可以看出林亨泰在「現代」與「鄉土」上既矛盾又協同的努力，可以看出從太極至無極的開展之功。

---

❶ 康原：《八卦山下的詩人——林亨泰》第九章，頁113-114。

❶ 游喚（游志誠，1956-）：《縱情運命的智慧》，台北：漢藝色研，1993，頁12。

❶ 同前注，《縱情運命的智慧》，頁13。

一、〈我〉

我以文明人的感覺
找到這深山裡的百合

但……

我以文明人的感覺
又扔掉這深山裡的百合 ❼

　　這是觀察原住民的組詩〈山的那邊〉第九首，不直接描
述烏來原住民的生活細節，而是寫漢人優越感之後的羞愧，
頗能體會陶淵明〈桃花源〉「不足爲外人道也」的心境，「找
到」而後「扔掉」是爲了保持原住民原有的優遊自在，不受
干擾。

　　彰化詩人對於原住民的書寫，一直走在時代的前頭，如
二〇年代創作台灣第一首新詩的追風（謝春木，1902-1969）
所寫的〈詩的模仿〉，其中〈讚美番王〉（1924年），即透過對
原住民領導者自主治理家園的歌頌，透露出被殖民的悲哀，
有著建立「望所望，愛所愛」的王國的想望。三〇年代賴和
（賴河，1894-1943）有舊詩〈正月十四夜珠潭泛舟〉、❽〈石

---

❼ 林亨泰：〈我〉，《林亨泰全集一・文學創作卷1》，彰化：彰化縣立文
　 化中心，1988，頁24。
❽ 賴和：〈正月十四夜珠潭泛舟〉，《賴和全集五・漢詩卷下》，台北：
　 前衛出版社，2000年。原詩如次：「夜深月微暈，水靜潭澄碧。漁舍

印化蕃〉**⑲** 之作，更有新詩〈南國哀歌〉（1931年），揭露日本殖民政府的霸權、暴虐，從「第三人稱」的悲痛，寫到「第一人稱」的呼籲：「兄弟們！來！來！來和他們一拚！」讓人悲憤交加，血脈賁張。林亨泰的〈山的那邊〉寫於四〇年代，外在的情勢稍見緩和，因此可以從互尊互重的角度來看待文化的差異。

二、〈哲學家〉

陽光失調的日子

幾排筏，參差泊遠澤。一葉胙艋寬，三兩無聊客。擊槳發狂謳，仰天數浮白。興到任風移，遂叩石印柵。一社盡驚起，眾犬吠巷陌。太郎出啓關，婦女窺籬隙。教喚阿吻來，睡眸尚脈脈。云儂夢正酣，何事惡作劇。願聞妙歌聲，聊以慰夙昔。且喜言可通，無事置重譯。相攜笑登舟，宛如范少伯。太郎彈胡琴，吾乃按節拍。婉囀嬌喉輕，風生動岩石。人世誰無憂，罄樽盡今夕。」

⑲ 賴和：〈石印化蕃〉，《賴和全集五・漢詩卷下》，台北：前衛出版社，2000年。原詩如次：「蕃人無曆史不傳，一事曾聞傳祖先。追逐白鹿忘近遠，遂來浩蕩潭水邊。渴有可飲飢有食，清泉甘冽魚肥鮮。天留此土養吾輩，移家不嫌地僻偏。竊喜紅塵得斷絕，昏昏悶悶長守拙。聚族歌哭恆於斯，不愁世上亂離別。世外桃源古徑通，桃花消息人間洩。漢民冒險入山深，澄潭始染競爭血。伏屍共痛殺傷多，埋石誓天暫講和。漁獵分區不相擾，佳時載酒或相過。猜忌漸忘情誼厚，共存始覺利尤多。鹽鋏鹿脯互交易，浸潤能教蠻性革。語言不作舊啁啾，嘉會己解聯裙屐。飾胸黥面風尚存，殺人馘首冤早釋。漢人肆詐漸欺淩，求活終年苦力役。社中婦女姿態佳，下山多作漢人妻。至今壯夫無配偶，丁口減失生率低。散亡相繼年蕭索，夜中冷落牛驚嘶。相杆歌殘明月下，含情禁淚心楚淒。誰知我亦天孫裔，未甘長作漢人隸。牛馬生涯三百年，也應有會風雲際。境過循環還到君，今日蕃人更得勢。直率初無報服心，與君協力永共濟。」

雞縮起一隻腳思索著
一九四七年十月二十日，秋天
為什麼失調的陽光會影響那隻腳？
在葉子完全落盡的樹下！[20]

　　這是以哲學家的苦思狀態，控訴一九四七年「二二八」
事件的荒謬、不可思議，康原在《八卦山下的詩人》書中引
述呂興昌的研究：「林亨泰的策略是，第一層寫秋天縮著腳
獨立的一隻雞的姿態，這已經有它獨立的美感；第二層透過
『思索』的類推使這隻雞看起來具有哲學家的架勢；第三層透
過特殊的時點──一九四七──與景物特徵的暗示（陽光失
調、葉子落盡）營造一種低迷、蕭殺的氣氛，然後再結合縮
腳與思索的動作所流露的疑懼、退縮，終於委婉地烘染出那
個歷史時空的實質感受；經過一場瀰天浩劫的知識份子，就
像深秋蕭條樹下的一隻雞，因天時的變化（所謂變天），不得
不縮腳作哲學性思考，思考天理何在！」[21]當然，所謂「哲
學家」也未嘗不是另一種反諷，不知珍愛自己子民的執政者
必然也會受到人民的唾棄，這種史實不必深思，昭昭於史冊
中。

　　「雞縮起一隻腳思索著」是一種中性的意象，未必然是孤
獨、落寞、疑懼、退縮的暗示，但與「陽光失調、葉子完全
落盡」的蕭殺秋氣相結合，那就令人有著聳然的感覺。五○
年代林亨泰再度使用這個意象：「雞，／縮著一腳在思索

[20] 林亨泰：〈哲學家〉，《林亨泰全集一・文學創作卷1》，頁31。
[21] 康原：《八卦山下的詩人──林亨泰》第四章，頁53。

著。／／而又紅透了雞冠。／／所以，／秋已深了……」❷
寂靜的農村秋景，一幅意象派的悠閒感就呈現在眼前。差別
就在：「縮起一隻腳」是現在進行式的「驚慌」狀態，「縮
著一隻腳」是長時間不受干擾的平和圖畫。差別也在：「葉
子完全落盡」的生機蕭索，當然也不同於「雞冠紅透」的暖
色系統親和力。一聳然，一怡然，前者有現實主義的悲秋之
痛，後者則有現代主義「我思故我在」的無為之境。意象的
創造與使用，可以發展出詩的不同面向，林亨泰強調的「現
代性」與「鄉土性」的結合，早在四○、五○年代就展現功
力了！

三、〈村戲〉

村戲鑼鼓已鳴響……
親戚從各地方回來，
而笑聲溫柔地爆發……

村戲鑼鼓再鳴響……
又有一批親戚回來，
而笑聲更溫柔地爆發……

村戲鑼鼓又鳴響……
最遠的親戚也都到齊，

---

❷ 林亨泰：〈晚秋〉，《林亨泰全集二・文學創作卷2》，頁20。

而笑聲終於點燃花炮了⋯⋯❷

　　台灣農民生活清苦，農村經濟逐漸凋弊，但是農家氏族共居的生活模式，卻又是文明都市所缺乏。這首詩以「聲音」入詩，因爲在鄉下聲音是溫暖的、共鳴的、相互感應的，鄉下人的笑聲是無邪的、放縱的，聲音的感染力最爲強悍。〈村戲〉原來以「層遞」的方式進行，各段末句從「笑聲溫柔地爆發」、「笑聲更溫柔地爆發」、到「笑聲最溫柔地爆發」，句型類疊，層層推湧，是他早期喜歡使用的「疊句」，他認爲：「『疊句』──反覆詩句──的運用，本是歐洲抒情詩的一定型，後來也廣被日本自由詩所喜歡採用。它能使殘篇斷句不致陷於支離破碎而得以統一成爲完整。」❷但最後的定稿則是「笑聲點燃花炮」，以不相干的兩件事物、不可能的聯繫法，繫聯在一起，締造高潮，從不變中產生變化，這是現代主義常用的手法。

四、〈黃昏〉

蚊子們　在香蕉林中　騷擾著❷

　　這是台灣新詩史上有名的「一行詩」，大膽的創意可以媲美林亨泰一系列的「符號詩」，「蚊子們　在香蕉林中　騷擾

❷　林亨泰：〈村戲〉，《林亨泰全集二・文學創作卷2》，頁30-31。
❷　林亨泰：〈詩的三十年〉，《林亨泰全集六・文學論述卷3》，頁8-9。
❷　林亨泰：〈黃昏〉，《林亨泰全集二・文學創作卷2》，頁66。

著」，亞熱帶台灣農村生活的特殊經驗，務實的報導，不加任何修飾語，竟然就是這首詩成功的地方。

小詩一向擁有東方詩歌展現晶瑩詩想的鑽石魅力，異於西方詠史歌頌的傳統，所以古典絕句只有二十字或二十八字，日本俳句十七字（音節），印度泰戈爾的小詩，都以極短的篇幅負荷極為豐滿的詩想，或者留存極大的冥想空間任讀者想像飛躍。

因為有〈村戲〉這樣的疊句使用，〈黃昏〉這樣的削除雜質、滌盡修飾的功夫，所以才可能產生〈風景No.1〉、〈風景No.2〉的經典名詩。

五、〈風景〉

〈風景No.1〉

農作物　的
旁邊　還有
農作物　的
旁邊　還有
農作物　的
旁邊　還有

陽光陽光曬長了耳朵
陽光陽光曬長了脖子

〈風景No.2〉

防風林　的

外邊　還有

防風林　的

外邊　還有

防風林　的

外邊　還有

然而海　以及波的羅列

然而海　以及波的羅列

　　〈風景No.1〉與〈風景No.2〉同時發表於《創世紀》詩刊第十三期（一九五九年十月），十年後，江萌（熊秉明）發表三萬字的長文〈一首詩的分析〉於《歐洲雜誌》（一九六八年十二月），此詩此文因而同時成爲台灣現代詩壇詩與論的標竿，千里馬與伯樂同享榮耀。

　　從來論述者都略過〈風景No.1〉，只談〈風景No.2〉，如果能將二詩同觀，則北斗、溪洲、埤頭的農田平野景觀歷歷在目，二林、芳苑海岸的防風林特殊景象盡在眼前，沿著斗苑路（北斗到芳苑）西行，一一呈現。〈風景No.1〉所看見的是比人低矮的農作物，平視或俯視取景，一眼可以看到天邊，所以全詩是左右開展，顯現農田的左右之寬與上下之厚；〈風景No.2〉看到的是比人高大許多的木麻黃，平視或仰角取境，所以寫的是想像中一排一排往外延伸的林木，一波一波的海。〈風景No.1〉的「陽光陽光曬長了耳朵／陽光

陽光曬長了脖子」有著生命成長的喜悅，屬於陽光的幸福；〈風景No.2〉的「然而海　以及波的羅列／然而海　以及波的羅列」多的是未來的期待，屬於想像的幸福。

　　林亨泰接受陳明台（1948-）訪問時，曾提到〈風景〉這首詩有著「新即物主義」的意圖，要讓書寫的對象自我呈現，詩人不加任何主觀暗示，他說：「本來我是靠Object要讓讀者自己去想像的。早些時候有人說，那是立體的實驗。其實我是靠即物性的表現寫的。因爲那首詩不是用排的，是靠對象的事物，農作物也罷、防風林也罷，是靠那些東西的本身去表現的。」[26] 可見這首〈風景〉應用新即物主義的客體客觀呈現，卻獲得立體主義的具象效果，而這種袪除任何形容詞、副詞等修飾語彙的純淨詩作，音韻的呼應在熊秉明指陳下，豐富無比，是現實主義與新即物主義的完美結合。

　　六、〈作品第十六〉

寡婦　舉頭望明　白
低頭思故　黑

孤兒　舉頭望明　白
低頭思故　黑

老人　舉頭望明　白

---

[26] 陳明台（1948-）：〈詩話錄音〉，《林亨泰全集八‧文學論述卷5》，頁8。

低頭思故　黑

瘋者　舉頭望明　白
低頭思故　黑

貧民　舉頭望明　白
低頭思故　黑㉗

　　發表兩首〈風景〉於《創世紀》詩刊第十三期（一九五
九年十月）之後四年，林亨泰又於《創世紀》詩刊第十九期
（一九六四年一月）發表另一震撼性的詩：《作品》五十一首
（含〈序詩〉），標題從〈作品第一〉至〈作品第五十〉依序排
列，全詩的內容都以「黑」與「白」作為生命現象的截然對
比，如〈作品第九〉以「白」喻生，〈作品第十〉則以「黑」
喻死，在同一對比詩中採同一句型，重複使用，真正達至
「形銷骨立」，不見血肉的地步，彷彿玉山上的白木林默默支
撐台灣廣大的天空。
　　〈作品第十六〉是典型之作，寡婦、孤兒、老人、瘋者、
貧民……，代表著所有孤苦無告者，他們都一樣（一樣的句
型，一樣的遭遇）：舉頭望明月，望不見月，只看見空無一
物的白；低頭思故鄉，無鄉可思，只看見一片全然的黑，全
然的絕望。
　　這五十首詩，將所有事物推至極處，推到極簡處，推到

㉗林亨泰：〈作品第十六〉，《林亨泰全集二·文學創作卷2》，頁162-
　163。

太極圖裡的陰陽二極，一陰一陽，一黑一白，以生四象，以生八卦。如果以這樣至黑至白的兩極觀念，回頭看〈風景〉二詩，相對於「陽光」的「白」，「農作物」是「黑」的，相對於「防風林」的「陽」，「海以及波的羅列」是「陰」的。「然而」，他們是並列的，同存的，分立的，共生的，林亨泰的詩作與詩觀就是將萬事萬物推到兩端極處，極約、極簡處，最原始的本質，陰陽初判的地方，因而有無限大的可能：二儀、四象、八卦、無極……

　　直至一九八九年，〈風景〉發表之後的三十年，林亨泰仍然堅持著黑與白的兩極書寫，其中一首是「白」消「黑」長而「白」竟然更亮白的〈白色通道〉：「不斷擴大的黑色空間中／白色通道長長地延伸著／黑影子不斷從兩側逼近／白色通道越來越狹窄／／從左邊從右邊黑影湧入／白色通道為著不讓進來／僵直著單薄身子抗拒著／白色通道越來越細長／／黑色空間總是越來越黑／白色通道總是越來越白／在延伸中仍不斷抗爭著／白色通道顯得更亮白了」。❷ 另一首是統合黑白的〈一黨制〉：「桌子上／玩具鋼琴／／白鍵／黑鍵／／只有／一音」。❷ 消長與統合是另一種政治上的「黑」與「白」，極端複雜的政治現象，林亨泰仍然以最簡約的「黑」與「白」加以勾勒。

　　七、〈爪痕集之五〉

---

❷ 林亨泰：〈白色通道〉，《林亨泰全集三‧文學創作卷3》，頁81-82。
❷ 林亨泰：〈一黨制〉，《林亨泰全集三‧文學創作卷3》，頁97。

慢慢的
被吃掉果肉之後

給人任意丟棄的
龍眼果核

垃圾堆裡
像隻瞪大的眼睛

埋怨地
看著滿地的果殼 ㉚

　　《爪痕集》八首詩寫作於一九八二年十一月至八三年一
月，發表於《現代詩》復刊第三期（一九八三年三月），是林
亨泰繼《作品》五十一首之後重要的一組詩，可以視爲後期
詩作的高峰。詩的外在形式，或三節、各三行，或四節、各
兩行，詩的內容則從大自然的皺摺、歷史的隱晦，看待人心
的委婉曲折。其中〈爪痕集之一〉、〈爪痕集之二〉，㉛彷彿
是這一輯作品的序詩，標誌著寫作的旨趣，要從乾裂的河
床、夕陽的陰影，緊扣著歷史的拋物線，用以窺伺人間。
　　八首中直接取材於日常生活，最富於現實情境，卻也締

㉚ 林亨泰：〈爪痕集──之五〉，《林亨泰全集三・文學創作卷3》，頁
　 23。
㉛ 林亨泰：〈爪痕集──之一〉、〈爪痕集──之二〉，《林亨泰全集
　 三・文學創作卷3》，頁19-20。

造最佳效果的是〈爪痕集之五〉。如果以前述黑白兩極的書寫方式看待此詩，竟然完全吻合：「果肉——白，果核——黑，眼睛——黑，果殼——白」。這首詩就以黑白對映的方式，將受傷害的生命、委屈的憤怒，靜靜呈現。讀此詩時彷彿有諸多黑亮的眼睛，瞪視讀者的良心；彷彿有諸多無聲的吶喊，在四周靜靜響起。

現代主義者往往以挖掘靈魂深處的震顫為其職志，《爪痕集》時期的作品顯然就有這樣的企圖，但是，假使能以現實生活中的實物為其憑藉，如〈爪痕集之五〉借用八卦山台地盛產的龍眼、隨地拋擲的龍眼核，則其挖掘的靈魂不會無所依附，靈魂深處的震顫不會憑空消逝，可以深深震撼讀者。

八、〈平等心〉

了解自己生命的，無法頂替的，可愛的可貴的，
也了解他人生命的，無法頂替的，可愛的可貴的，
同時，又是超越，又是包涵，又是建構了的，
這無法頂替的也就因此一個不漏地頂替起來。

充滿著個人與超個人，有意識與無意識，
這又是淡泊又是深刻，這又是迴向又是發展，
這又是純潔又是熱誠，這又是理智又是神祕，
同時，這又是傳導又是洞察，這又是磁體又是發光。

遍滿天地，超越大小的，永無止境的擴張開來，
都能為無私無我地存在，都能為一切存在而存在，
無法頂替的，都能一視同仁的，毫無差別的超越，
無法同質的，都能完全公平的，毫無差別的包涵。❸

　　檢驗林亨泰的詩作以發覺其生命哲學，最直接呈露的是
寫於一九九六年五月，發表於五月二十九日《聯合報‧副刊》
的〈平等心〉。

　　實則平等心的溫厚涵養一直顯影在他各期的詩作中，如
早期關懷原住民的詩輯〈山的那邊〉，是族群間的平等心；如
長期為林亨泰所愛用的創作方法：讓「物」自己說話，則是
物種間的平等心；如自己身處美國時，想到「被趕出故鄉的
人／失去故鄉的人／那沉默、執著的心／不就也是我現在的
心情嗎？」❸ 更是隨時隨地、設身處地為他人著想。

　　〈平等心〉這首詩，以自己獨立的人格，推己及人，所有
的個體都是可愛可貴、無可取代、無可頂替的，所有的個體
生命因此而有各種無限的可能（淡泊、深刻、理智、神祕等
等），所以他提出無私無我地存在，為一切存在而存在，則所
有的生命將可在生命的品質上無限地超越，在生命的視野上
無限地擴伸。林亨泰一生的詩與詩觀，是站在這樣的胸懷與
視野，向八方拓展而去。

---

❸ 林亨泰：〈平等心〉，《林亨泰全集三‧文學創作卷3》，頁130-131。
❸ 林亨泰：〈美國紀行〉，《林亨泰全集三‧文學創作卷3》，頁57。

第三節 哲：八爪所開發的多元現代詩論

　　彰化縣立文化中心所出版的《林亨泰全集》共有十冊，但詩集僅得其三，論述及外國文學研究、翻譯，卻有七部，與同輩詩人如余光中（1928-）、洛夫（莫洛夫，1928-）、葉維廉（1937-）等詩與論兼優的詩人相比，大異其趣，他們都有一、二十冊的詩集，論述則只有四、五冊而已。早在一九四九年之前，林亨泰已廣泛接觸西方現代主義作品，其時余光中、洛夫等人尚未啓蒙。一九五六年元月「現代派」成立前後，林亨泰已發表多篇「符號詩」及其他前衛詩論，覃子豪（覃基，1912-1963）、余光中等人的「藍星詩社」，洛夫、葉維廉的「創世紀詩社」，尚未進入現代化的火爐冶鍊。因此，從歷史的出發點、理論質量的發光點而言，林亨泰必然是台灣第一位新詩理論家。

　　以下將從八個方向為林亨泰的詩論指證他開發的軌轍。

一、借銀鈴會的變遷找尋自己的靈魂

　　「加入銀鈴會，對我的文學生涯而言，是一個重要的起點。」[34] 這是林亨泰的女兒林巾力以第一人稱（林亨泰）口吻所寫的傳記《福爾摩沙詩哲林亨泰》第四章「銀鈴會」的開頭語，顯見銀鈴會對林亨泰、對彰化詩學、以至於對台灣

---

[34] 林巾力：《福爾摩沙詩哲林亨泰》，台北：印刻出版公司，2007，頁84。

文學的歷史意義與價值。❸

　　銀鈴會是繼一九三三年超現實主義的「風車詩社」之後
台灣第二個新詩社團，成立於一九四二年四月，結束於一九
四九年四月，銀鈴會創辦人之一的朱實（朱商彝，1925-）認
為是在「苦難的年代裡誕生」，❸當時日本偷襲珍珠港，發動
太平洋戰爭，從中途島戰役節節敗退，台灣男人被拉去南洋
充當軍伕，台灣本土受到美軍B29轟炸，台灣陷入戰爭的苦
難中。林亨泰也稱銀鈴會同仁為「處於最惡劣環境的不幸世
代」，因為太平洋戰爭停戰前夕，是日本軍國主義最為跋扈的
時代，卻也是日本人最難熬、最黑暗的時候，銀鈴會同仁這
時候的身分是日本人；戰後，中國政府貪官污吏橫行，經濟
幾近崩潰，是中國人最為困頓、絕望的時候，國民黨政府轉
進台灣，銀鈴會同仁在這個時候當了中國人。❸再加上一九
四七年的二二八事件、一九四九年的「四六事件」，銀鈴會同
仁間接、直接受到衝擊，面臨繫捕、拘囚、處死的威脅，所
謂困頓、絕望，所謂惡劣、不幸，台灣人的歹命無過於此，
林亨泰等銀鈴會同仁所面對的時代，正如惡火一般試煉著詩

❸ 關於「銀鈴會」，林亨泰曾寫過〈銀鈴會文學觀點的探討〉、〈銀鈴會
　與四六學運〉、〈跨越語言一代的詩人們──從「銀鈴會」談起〉等三
　篇文章，與朱實、張彥勳、蕭翔文、陳明台、詹冰、陳金連、許育誠
　的文章，匯集成《台灣詩史「銀鈴會」論文集》（彰化：磺溪文化學
　會，1995）出版。另，林巾力：《福爾摩沙詩哲林亨泰》第四章、第
　五章都在回憶「銀鈴會」，值得參考。

❸ 朱實：〈潮流澎湃銀鈴響──銀鈴會的誕生及其意義〉，林亨泰編：
　《台灣詩史「銀鈴會」論文集》，彰化：磺溪文化學會，1995，頁12-
　13。

❸ 林亨泰：〈編者序〉，《台灣詩史「銀鈴會」論文集》，頁4。

心。

　　「銀鈴會」是台中一中三位同期同學張彥勳（1925-1995）、朱實、許世清所創辦、推動，張彥勳是台中后里人，朱實、許世清則是彰化市人，三個人經常交換作品，裝訂成冊，輪流傳閱，相互切磋。其後還出版《ふちぐさ》（邊緣草）日文油印刊物，向外發行，共出刊十幾期，根據朱實的想法：「邊緣草是種在花壇四周的一種花草，它不顯眼，默默奉獻，襯托百花爭豔的花壇，寫意並不深奧，只是表示在這苦難的年代裡，我們三個人願在這小小的園地裡找到心靈的綠洲。」❸ 這是所有文學愛好者最原始的本心，銀鈴會創會的初衷，卻因爲太平洋戰事吃緊，美軍轟炸而中斷。此時屬林亨泰、朱實所宣稱的一九四二年四月至一九四五年八月日本無條件投降爲界的「銀鈴會」前期活動，陳明台（1948-）視之爲銀鈴會同人的「文學修業（修練）時期」，❸ 林亨泰尚未加入，「評論之活動尚未抬頭」。❹

　　「銀鈴會」的後三年半則是指日本無條件投降後至一九四九年四月，銀鈴會同仁不顧政局、社會趨勢、文學界的低迷與暗淡，反而更積極而勇敢地重振旗鼓，不再以「邊緣草」自居，反而有領導時代思潮之自我期許，而以《潮流》命名同仁油印雜誌，自一九四八年五月開始，採季刊方式發行，

❸ 朱實：〈潮流澎湃銀鈴響——銀鈴會的誕生及其意義〉，《台灣詩史「銀鈴會」論文集》，頁13。

❸ 陳明台（1948-）：〈清音依舊繚繞——解散後銀鈴會同人的走向〉，《台灣詩史「銀鈴會」論文集》，頁93。

❹ 林亨泰：〈銀鈴會文學觀點的探討〉，《台灣詩史「銀鈴會」論文集》，頁34。

一年間共出刊五期，成為戰後台灣第一本（中日文混合）詩雜誌，當時林亨泰已加入爲正式同仁，跟朱實是台灣師範學院（今台灣師範大學）同學，串連起師範學院學生、台中一中校友、彰化與后里文友的感情系聯與思潮激盪，同仁增至三、四十人，重要同仁風格開始確立，五期《潮流》詩雜誌的創作與論述有著輝煌成果：

日文新詩114首

中文新詩30首

日文童謠2首

中文民謠3首

日文小說4篇

中文小說2篇

日文評論44篇

中文評論2篇

日文散文13篇

中文散文10篇

新詩與評論顯然多於其他文類，日文篇數又壓倒性勝過中文，所謂「跨越語言的一代」，這樣的數證已足以說明一切。跨越語言的一代，其實也跨越了國界、身分、文化使命與文化類型，因而站上另一個制高點──幾乎是人類文化的制高點，大漢、大和（含西洋）、台灣文化所激湧出來的那個制

---

❹ 陳明台：〈清音依舊繚繞──解散後銀鈴會同人的走向〉，《台灣詩史「銀鈴會」論文集》，頁93。

❷ 林亨泰：〈銀鈴會文學觀點的探討〉，《台灣詩史「銀鈴會」論文集》，頁36。

高點。雖然所謂跨越語言的一代，不完全侷限於「銀鈴會」的同仁，「銀鈴會」同仁也不是台灣當時繼續詩創作的唯一代表，但林亨泰新加入以後的「銀鈴會」，確實在「文學評論」的格局上有了「質變」與「量變」，在「文化方向」的思考上有了「立足點」與「放眼處」的反思，「銀鈴會」因而成為台灣自發性詩創作的一個重要果實，台灣自足傳承詩教養的一個不可或缺的象徵。再加上銀鈴會創始人朱實遠遁日本，許世清不知所終，張彥勳轉戰小說、兒童文學，蕭翔文回歸地理學，詹冰、錦連的個性傾向內斂，台灣詩史上「銀鈴會」與林亨泰因而結合為一，一脈相傳了台灣詩史的微弱香火，填補了大家誤認的戰後四〇年代台灣詩史的空白。

就「承前起後、彌補空白」這點，朱實認為這是「銀鈴會」的歷史意義之一，[43] 林亨泰則以「艱苦環境中的奮鬥精神」，[44] 解釋這種語言工具更替、政治環境轉換也不可能打敗的台灣詩人內在的生命韌力。晚一輩的台灣詩學評論者陳明台則指出，從銀鈴會到笠的階段，具有「建構起台灣本土詩史完整系譜之意義」。[45] 專門研究《笠》詩刊的學者阮美慧承繼這種說法：「銀鈴會的許多重要成員，日後都成為《笠》詩刊社的重要創始者，如林亨泰、張彥勳、錦連、詹冰等，

---

[43] 朱實：〈潮流澎湃銀鈴響——銀鈴會的誕生及其意義〉，《台灣詩史「銀鈴會」論文集》，頁20。

[44] 林亨泰：〈銀鈴會文學觀點的探討〉，《台灣詩史「銀鈴會」論文集》，頁63。

[45] 陳明台：〈清音依舊繚繞——解散後銀鈴會同人的走向〉，《台灣詩史「銀鈴會」論文集》，頁106。

他們成為《笠》成立之初的重要成員，並將銀鈴會後期所形成的文學風格帶進了《笠》中，使《笠》有注重現實、批判的精神，而這樣的文學風格在日據時期業已完成，因此從銀鈴會到笠正是延續著台灣新文學的香火……換句話說，做為詩史完整性連貫，銀鈴會的確有其不可或缺的重要性。」❻

「銀鈴會」存在的歷史意義，朱實與林亨泰有著相同的歷史評述，❼ 他們還指出另外兩項重點：第一點，朱實說是「繼承傳統　堅韌不拔」，林亨泰說是「繼承台灣文學精神」，都指出銀鈴會延續戰前賴和、楊逵所領導的「反帝反封建」的台灣文學傳統。第二點，朱實稱之為「放眼世界　立足鄉土」，林亨泰則強調「放開胸襟接受世界文學」，他們都提到《潮流》季刊所引用、介紹的各國文學家與文學理論，包括俄國的高爾基、普希金、托爾斯泰，法國的波特萊爾、梵樂希，日本的石川啄木、島崎藤村、北條民雄，中國的魯迅、林語堂等等，以及各種文學思潮，如象徵主義、超現實主義、新現實主義等等。西方現代主義的思潮已在類近無政府、無主義的亂世台灣悄悄撞擊詩人的心靈，這是一九四八年五月至一九四九年四月的事，林亨泰的第一本詩集《靈魂の產聲》（日文版）也在這段時間醞釀、生產、問世。這時的洛夫剛剛高中畢業，考入國立湖南大學外文系，發表新詩十

❻ 阮美慧：《笠詩社跨越語言一代詩人研究》〈第五章·分論（三）——原銀鈴會詩人群：錦連與詹冰、張彥勳研究〉，東海大學碩士學位論文，1997，頁147-148。

❼ 參見朱實：〈潮流澎湃銀鈴響——銀鈴會的誕生及其意義〉，《台灣詩史「銀鈴會」論文集》，頁11-22。林亨泰：〈銀鈴會文學觀點的探討〉，《台灣詩史「銀鈴會」論文集》，頁33-64。

餘首，攜帶馮至及艾青詩集各一冊，隨國民黨軍隊來台；十年後，一九五八年三月洛夫第一次風格轉變之作〈投影〉、〈吻〉、〈蝶〉才寫出，一九五九年八月所謂「超現實主義」組詩《石室之死亡》才動筆。❽

　　加入銀鈴會，是林亨泰文學生涯一個重要的起點，就在這個起跑點，林亨泰已經找尋到自己新詩的靈魂。

二、借現代派的舞台演出自己的戲碼

　　一九五五年，出版日文詩集《靈魂の產聲》之後六年，林亨泰出版了漢文詩集《長的咽喉》❾，之後，偶然在書店發現紀弦主編的《現代詩》，開始以筆名「恆太」投稿《現代詩》，他富於實驗精神的「符號詩」直接刺激了紀弦好勝、好戰之心，終於放手一搏，為台灣新詩現代化加足馬力，一個外省籍的詩運動家提供了舞台，一個本省籍的詩理論家舞出了新姿，雙雙成為台灣戰後最新一波現代主義運動的先鋒部隊、頭號旗手。

　　讀「台北中學」（今泰北中學）時的林亨泰已廣泛閱讀日本《詩與詩論》雜誌的春山行夫、安西冬衛、北川東彥、北園克衛，超現實主義推手西脇順三郎、瀧口修造，前衛詩人萩原恭次郎，未來派神原泰等詩人的作品，彷彿經過一番水的淘洗、火的冶煉──但與賴和不同的是：他未經由漢詩薰

---

❽ 洛夫：〈年譜〉，《洛夫自選集》，台北：黎明文化公司，1975，頁2-3。
❾ 林亨泰：《長的咽喉》，台中：新光書店，1955。

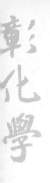

陶，直接從日文奔向世界。再如橫光利一、川端康成、中河
與一的「新感覺派」小說，林亨泰也著迷喜愛，彷彿推開另
一扇窗，欣賞不同的景觀——但與賴和不同的是：他專注於新
詩創作與論評，不旁騖其他文類。而在現代主義盛行台灣時
文藝青年所琅琅上口的龐德（Ezra Pound，1885-1972）、艾略
特（Thomas Stearns Eliot，1888-1965）、喬艾斯（James
Joyce，1882-1941）、康明思（Edward Estlin Cummings，
1894-1962）、阿保里奈爾（Guillaume Apollinaire）、紀德
（Andre Gide，1869-1951）、布魯東（Andre Breton，1896-
1966）、里爾克（Reiner Maria Rilke，1875-1925）、卡夫卡
（Franz Kafka，1883 - 1924）等等，林亨泰也是在中學後期的
階段就開始接觸❺⓿——但與賴和不同的是：林亨泰率先跳上
了現代主義的列車，飛馳於台灣的土地上。

如果，賴和是台灣新文學之父，林亨泰的新詩地位也應
該有更新的評價。

此時林亨泰對現代主義已經擁有了周全的認識，整裝、
蓄勢，等待引爆，但是整個台灣新詩壇猶在蒙昧混沌中，唯
有紀弦組成現代派、引發現代主義論戰，確實有震聾啓瞶的
作用，晚年紀弦在其《紀弦回憶錄》之第二部仍然有著「在
頂點與高潮」的喜悅與自得，以第五、六、七等三章加以細
論。❺⓵不過，如此長篇巨幅所論述的，仍然還是觀念上的澄

❺⓿ 林巾力：《福爾摩沙詩哲林亨泰》，頁57-58。
❺⓵ 紀弦：《紀弦回憶錄》第二部「在頂點與高潮」，台北：聯合文學出版
社，2001，頁69-115。其第五章、組織「現代派」，第六章、現代主
義論戰，第七章、第二個回合和論戰的結果，記述「現代派」組成前
後詩壇局勢的變遷，現代主義論戰的因果始末，彷彿盛世又回。

清、口號式的呼籲、主觀型的評斷,未見反思、檢討。以長遠的新詩發展史來看,紀弦鼓舞的僅止於求變的勇氣,而非求新的方向,從最初的組社到稍後的論戰,從論文的內容到紀弦自己所創作的新詩語言、形式,顯現浪漫主義的訴求強過象徵主義的塑型,徒有向前衝的戰鬥個性,缺乏向內看的省思智能,即使今日再閱讀《紀弦回憶錄》,長達四十七頁的第五、六、七等三章篇幅,只有兩處簡略提到林亨泰,一是提到《現代詩》第十四期紀弦所寫的〈對〈所謂現代派〉一文之答覆〉、〈談林亨泰的詩〉這兩篇文章,是為駁斥一個「無聊透頂寫雜文的傢伙」所寫的〈所謂現代派〉,其內涵如何則未曾檢討(這兩篇文章也未收入1970出版的《紀弦論現代詩》❷)。一是在現代主義論戰期間,《現代詩》第二十一、二十二期,林亨泰以〈談主知與抒情〉、〈鹹味的詩〉予以聲援,主要論點如何,回憶錄亦闕而不錄。❸ 可以看出紀弦粗枝大葉的英雄式的呼告,只管呼聲、力勁是否動人,不管論理、思惟是否到位!

　　相對來看,林亨泰曾經以五篇文章〈新詩的再革命〉、〈現代派運動的實質及影響〉、〈現代主義與台灣現代詩〉、〈現代派運動與我〉、〈現代詩季刊與現代主義〉,❹記述、省視現代派、現代主義對台灣詩壇的影響,即使晚出的、類近於自傳的《福爾摩沙詩哲林亨泰》仍列有專章《《現代詩》季刊與新詩的「現代化」〉,以與「銀鈴會」、「第一本詩集」、

---

❷ 紀弦:《紀弦論現代詩》,台中:藍燈出版社,1970。
❸ 紀弦:《紀弦回憶錄》第二部「在頂點與高潮」,頁74,114。
❹ 林亨泰:《林亨泰全集五・文學論述卷2》,頁2-29,117-175。

《笠詩刊》相配，並且企圖擴大解釋「自波特萊爾以降一切新興詩派」，是「包括十九世紀的象徵派，二十世紀的後期象徵派、立體派、達達派、超現實派、美國的印象派，以及今日歐美各國的純粹詩運動。」❺ 希望能為紀弦的「移植」之說添加「在地化」的可能，舉日本「新感覺派」吸取外國前衛文學觀念與嶄新技法，用以豐富自身為證，❻ 在在顯示林亨泰迴護紀弦與現代派，用心良苦。

衡諸《林亨泰全集》裡的理論之作，學術論述置於卷1、卷2，均為專書、長論，但並無一文發表於《現代詩》；卷3是文學生活回顧、作家作品論、序跋類文章，也與《現代詩》屬性相異；卷4蒐羅文學短論，只有〈關於現代派〉(《現代詩》17期)、〈符號論〉(18期)、〈中國詩的傳統〉(20期)、〈談主知與抒情〉(21期)、〈鹹味的詩〉(22期)、〈孤獨的位置〉(39期)等六篇文章登載於《現代詩》，這些短論總有幾句話呼應紀弦或現代派之說，但文勢一轉，即以林亨泰自己的創見為核心，篇幅雖短小，鋒芒卻銳利，一如閃電、鑽石，醒人耳目，在一九五七、五八年早期的新詩天空，或逼人向內省思，或引人往外飛馳。如洛夫與創世紀的改變竟是緊接在這些論述之後：洛夫第一次風格轉變之作是在一九五八年三月，他的「超現實主義」作品《石室之死亡》是在一九五九年八月動筆，他與張默、瘂弦所主導的《創世紀》以

---

❺ 林巾力：《福爾摩沙詩哲林亨泰》，頁140。亦見於《林亨泰全集五・文學論述卷2》，頁18。

❻ 林巾力：《福爾摩沙詩哲林亨泰》，頁142。亦見於《林亨泰全集五・文學論述卷2》，頁19-20。

〈社論〉的方式說：「雖然我們從未揚著『現代主義』的旗幟，但我們確是現代藝術的證人與實踐者。」❺❼擱置『民族主義』黃色三角旗，扛起『現代主義』的大纛，也是在創刊五年之後的一九五九年十月。現代、現代性、現代感、現代主義，從此成為台灣詩壇人人朗朗上口的詞彙。

三、借符號詩的實驗樹立自己的形象

　　如何現代，怎樣前衛，應該是新詩革命者最想找到的方法。台灣詩壇在焦灼的五〇年代，既已拋除舊詩格律，卻又陷入「五四」、「日制」雙重傳承雙重斷層的懸崖之下，路在哪裡？方法如何尋求？茫無頭緒。「新詩向何處去」筆戰的雙方，應該就是這種焦灼心境的顯現。林亨泰適時在《現代詩》11期（1955年秋季）發表一首題為〈輪子〉的「符號詩」，將詩中「轉」字依其義加以九十度、九十度旋轉四次，將「它」字依其形九十度、九十度再旋轉四次，震撼詩壇，其後又陸續發表〈房屋〉等詩，既顛覆「認識論」，又揚棄「修辭學」，砍斷一般人對字義的長期依賴，讓每一個字成為一個「存在」。❺❽並且佐以〈符號論〉（《現代詩》18期）、〈中國詩的傳統〉（《現代詩》20期）的論述，得出這樣的結論：本質上，中國詩的傳統即象徵主義；文字上，中國詩的

❺❼《創世紀》社論：〈五年之後〉，《創世紀》第13期，1959年10月，頁1。

❺❽林亨泰：〈現代派運動的實質及影響〉，《林亨泰全集五・文學論述卷2》，頁123-128。

傳統即立體主義，爲「符號詩」（一般稱之爲「圖象詩」）找到了東方、西方都可以接受的支點，因而鼓舞了台灣新詩人創新的勇氣與信心。

林亨泰對「符號詩」即知即行，藉由日本神原泰的《未來派研究》（1925）、萩原恭次郎的前衛詩作、法國詩人阿保里奈爾的立體派作品，多方運用不同字體、不同字號、不同顏色、擬聲字詞、數學記號、數字感覺、樂譜、歪斜或顛倒字形、自由順序等方法──林亨泰稱之爲「自由語」的創造，或印刷技巧的運用，❸大量訴諸視覺，勇於推崇圖象。雖然在很短的期間內完成十多首符號詩，發表的時間卻拉長爲一、二年之久，影響的波度因而增強。再加上白萩的跟進、爭論，詹冰先發後至的精采作品〈水牛圖〉、〈自畫像〉，「銀鈴會」之後的台籍詩人，即知即行，爲台灣新詩吹皺一池春水，將新詩創作推向無限可能。

如果沒有林亨泰、白萩、詹冰的圖象詩熱潮，台灣現代詩狂飆期或許會延緩，聲勢會減弱。亦即林亨泰「符號詩」直接刺激的，並不是圖象詩的大量仿製或立體派的聲譽鵲起，而是整體現代詩技巧的頓然覺醒，一夕之間，詩人鐐銬盡除，奮勇衝刺，雙重傳承雙重斷層的懸崖反而開出奇險之花。

四、借小論文的力量積澱自己的功夫

林亨泰自承是跨越語言的一代，漢字言說或書寫，不是

---

❸ 林亨泰：〈現代派運動與我〉，《林亨泰全集五・文學論述卷2》，頁146-147。

他的專擅，但在日文閱讀與台語思考之後，心中所翻湧的理
念又不能不一吐為快，因此他選擇以短小的篇幅去承載巨大
的思考所得，借小論文的力量積澱自己的功夫，如早期在
《現代詩》、《笠》上的作品，無一不是短製小論，卻又耐人
咀嚼。因為篇幅短小，作者必須芟穢除垢，剪葉裁枝，去掉
蕪雜，所以沒有摻水之嫌；也因為篇幅短小，讀者得以伸張
自己的想像，添補罅隙，激盪腦力，激生智慧。

　　如最早發表在《現代詩》十七期的〈關於現代派〉，以英
文字母分段區隔，逐層翻騰，各段都有精義，如〈Ａ〉節所
言：

　　「現代派」──這個廣義的稱呼，便是立體派、達達派、
和超現實派的總稱。按發生時間的前後，我們應該這樣的稱
呼：

　　（一）現代派第一期（即指立體派而言）
　　（二）現代派第二期（即指達達派而言）
　　（三）現代派第三期（即指超現實派而言）
　　然而，「超現實」，乃是自立體派至超現實派的一連串運
動所一貫的精神。[60]

　　幾乎將現代主義異時而交疊，共構而岔生的特性，三言
兩語交代清楚。
　　即如後來驅遣文字漸趨成熟，林亨泰撰寫長論時仍然依

----

[60] 林亨泰：〈關於現代派〉，原載《現代詩》17期，1957年3月1日，轉
　　引自《林亨泰全集七‧文學論述卷4》，頁6。

循這種模式：壹、貳、參……，或Ａ、Ｂ、Ｃ……，任其演繹、分立、干擾、組合，以小論文的方式去傳達周密的思維，從此成爲林亨泰論著的特色。

五、借笠下影的「引言」傳達現代主義的心聲

　　一九六四年《笠》詩刊創辦初期，一至六期爲林亨泰所主編，精心設置「笠下影」、「詩史資料」、「作品合評」等專欄，爲台灣現代詩學的建構付出心血，其中「笠下影」分列「作品」、「詩的位置」、「詩的特徵」三欄，爲詩人作品作完整評述的工作，爲詩人歷史地位作定音之準備，最早的八期（八位）爲林亨泰所撰稿，前面五期是《笠》詩社同仁，林亨泰藉著尚未進入作品評述之前的「引言」（引用同仁的詩見解、詩觀念），爲自己的同仁找到他們內心深處「追求現代主義」的心聲：

（一）詹冰（詹益川，1921-2004）：

　　「詩人如小鳥任憑自然流露的情緒來歌唱的時代已過去；現代的詩人應情緒予以解體分析後，再以新的秩序和型態構成詩，創造獨特的世界。因之詩人該習得現代各部門的學識和教養，傾注其所有的知性來寫詩……
　　我的詩作可以說是一種知性的活動。簡言之，我的詩法是『計算』。我計算心象的鮮度。計算語言的重量。計算詩感的濃度。計算造型的效率。以及計算秩序的完美。最後的目

標是要創造前人未踏的詩的美的世界。」❻

（二）吳瀛濤（1916-1971）：

「最初也是最後的，最渺小而也是最龐大的，物質中之物質，生命中之生命，人工的最高峰，人類智慧的極深奧——這就是原子，原子的領域，同時也就是新世紀的詩的領域。」❻

（三）桓夫（陳武雄，1922-）：

「認識自我，探求人存在的意義，將現在的生命連續於未來，為具備持久性的真、善、美而努力；就必須發揮知性的主觀精神，不斷地以新的理念批判自己；並注重及淨化自然流露的情緒，但不惑溺於日常普遍性的感情，而追求高度的精神結晶。——我想以這種方式，獲得現代詩真正的性格。」❻

（四）林亨泰：

「我寧願儘力去探求還沒有被那些『懂得價值的人』的足跡所踐踏過的地方，縱然那是有著猙獰的容貌而不能稱為風

❻ 原載《笠詩刊》第一期〈笠下影：詹冰〉，1964 年 6 月 15 日，頁 6。林亨泰：《林亨泰全集六‧文學論述卷 3》，頁 66。

❻ 原載《笠詩刊》第二期〈笠下影：吳瀛濤〉，1964 年 8 月，頁 4。林亨泰：《林亨泰全集六‧文學論述卷 3》，頁 75。

❻ 原載《笠詩刊》第三期〈笠下影：桓夫〉，1964 年 10 月，頁 4。林亨泰：《林亨泰全集六‧文學論述卷 3》，頁 84-85。

景，或者不過是醜陋的一角而不足以稱爲風景，可是，我以爲只有在這裡才體會得到人類居住的環境底眞正的嚴謹性。」⁶⁴

（五）錦連（陳金連，1928-）：

「我是一隻感傷而吝嗇的蜘蛛。
1. 感傷——對存在的懷疑，不安和鄉愁，常使我特別喜愛一種帶有哀愁的悲壯美（當然也不妨含有一些冷嘲和幽默的口吻）。
2. 吝嗇——我珍惜往往只用了一次就容易褪色的僅少的語彙（身上的錢既少，就不許揮霍的）。
3. 蜘蛛——爲了捕捉就得耐心等待（並非等著靈感的來臨）。」⁶⁵

這樣的引言，可以聽到《笠》詩刊同仁與時俱進的決心與信念，林亨泰費心爲他們找到內心的期許，顯示林亨泰作爲編輯者的敏銳，更重要的，這也顯示出做爲一位傑出的評論者，林亨泰十分清楚台灣現代詩未來發展的趨勢與走向。

六、借笠下影的「位置」肯定現代主義的價值

---

64 原載《笠詩刊》第四期〈笠下影：林亨泰〉，1964年12月，頁6。林亨泰：《林亨泰全集六・文學論述卷3》，頁93-94。
65 原載《笠詩刊》第五期〈笠下影：錦連〉，1965年2月，頁6。林亨泰：《林亨泰全集六・文學論述卷3》，頁103。

　　《笠》詩刊「笠下影」的評論工作，在介紹過《笠》詩社前輩同仁之後，第六期至第八期轉而介紹「現代派」的三位詩人，仍由林亨泰執筆，可以看出林亨泰對「現代派」的重視。

　　評介社外詩友，林亨泰改借「詩的位置」肯定「現代派」三位詩人的成就，兼而肯定現代主義的價值：

（一）紀弦（路逾，1913-）「詩的位置」：

　　「當紀弦主編的《現代詩》揭櫫『現代派宣言』時，《藍星》詩刊猶沉睡於『抒情』的甜夢之中，至於《創世紀》詩刊，也還停留於『新民族詩型』的樸素階段。又，方思、楊喚、葉泥、鄭愁予、林亨泰、林泠、壬癸（商禽）、季紅、吹黑明、楊允達、錦連、黃荷生、薛柏谷等夥友之所以聚集於《現代詩》，並非由於他們的作品相類似，而是由於作品的顯然相異，這正是意味著他的重視獨創性（originality）更甚於熟練性（discipline）。」[66]

（二）楊喚（楊森，1930-1954）「詩的位置」：

　　「就詩的風格看來，他可以說與《現代詩》詩刊上各詩人的作風是有其顯著的親近性的。即是說，就他的詩並非單純的『抒情詩』，甚至更能在詩中找到閃爍著的『知性的光輝』

---

[66] 原載《笠詩刊》第六期〈笠下影：紀弦〉，1965年4月，頁6。林亨泰：《林亨泰全集六・文學論述卷3》，頁119-120。

這點來說，或就他不以詩來裝飾自己的弱點這樣『真摯』這一點來說，平心而論，當我們處處都可以發現與《現代詩》詩刊上的各作品的類似點時，我們似乎更有理由把他併入《現代詩》詩刊這一系列裡了。」❻❼

（三）方思（黃時樞，1925-）「詩的位置」：

「方思是與紀弦等幾個人推動中國詩導向現代化上，可說是比余光中早一時期的先進之一。雖然所寫的詩論不多，但由他對介紹里爾克以及各國現代詩人的手法上，我們將可以窺見並十二分的了解他對於領會現代詩的深度。」❻❽

以如此肯定的語氣肯定三人，是因為林亨泰與「現代派」有著相同的氣息。這種借「笠下影」以彰顯現代主義的努力，常為一般評論者所忽略，當然也為其後繼續撰寫的人所無法企及。隨著林亨泰離開《笠》詩刊主編檯，《笠》詩刊追求現代主義的意願越來越淡，而實踐現實主義的使命感則越來越重，詩理論的份量也少於林亨泰掌舵之日，間接證明林亨泰對於新詩理論有著立竿見影的自我期許。

七、借訪問記的挑戰，裨補現代主義的闕漏

---

❻❼ 原載《笠詩刊》第七期〈笠下影：楊喚〉，1965年6月，頁10。林亨泰：《林亨泰全集六・文學論述卷3》，頁129-130。
❻❽ 原載《笠詩刊》第八期〈笠下影：方思〉，1965年8月，頁25-26。林亨泰：《林亨泰全集六・文學論述卷3》，頁139。

　　林亨泰是跨越語言的一代，長篇論述或口頭訪問原來都不是他所擅長，但經由一次又一次的訪談，一次又一次的反思，他努力借著訪問記修補早期立論的缺失，增補新的思考所得。

　　譬如對於現代詩的眞摯性之外，他還強調詩的世界性的期許：「首先我們要認識現代詩的基本精神，我們要具有：Ａ、眞摯性：要寫『現代』的詩，不要虛僞。Ｂ、世界性：要有世界一體的觀念，在精神上與全人類的意識活動緊密連結在一起，這才是重要的。」⑰

　　再如面對「情感」，林亨泰也曾細分爲四個層次，這是談「知性」的他所罕於言說的，這樣的說辭彌足珍貴：

　　「感官的感情」──是由身體上任何部位遭受刺激：如美味、痛覺、飢渴、性衝動等所引起的感情，假如把這種感情與詩史上相對應，代表「歌詠時期」，這種發洩方式相當於這一個層次。

　　「生命的感情」──是由健康狀態，如莊重、爽快、疲憊等的感覺所引起的，如一種底層流動的地下水脈，這一層次無須外在的刺激，靠自己的力量從生命的深處存在的本源抒洩自己，所以它是更屬人性的，是發自生命的本身。這層次與詩史上的「民謠時期」相對應。

　　「心情的感情」──是一般人所謂的感情，如喜悅、憤怒、滿足、悲哀、苦惱、羞恥等感情而說的，是多采多姿而

⑰　楊亭、廖莫白：〈詩的防風林〉，《幼獅文藝》289期，1978年1月。
　　林亨泰：《林亨泰全集八・文學論述卷5》，頁28。

富有色彩的感情。這層次的感情在詩史上，該屬於「抒情詩時期」。

「精神的感情」——是凌駕這三個層次感情之上，將一切歸統於價值世界，如憧憬、世界苦、歸依之心等，可以說是屬於最高的一層次的感情。這一層次的感情與「現代詩時期」相對應。⑩

　　感情之說，最後卻又歸結於理性的判斷，這樣的說詞頗似有著現實世界的情意，卻又必須思考現代主義的表現技巧。林亨泰內心的二元激盪，似乎不曾停息。

八、借座談會的揮灑，點化現代主義的精神

　　《笠》詩刊的「作品合評」活動，行之既久，影響極遠，尤其是陳千武、林亨泰、錦連、詹冰、白萩（何錦榮，1937-）等長老級的發言，對於社內同仁具有相當大的啓示作用、教育功能與「笠」精神的傳承意義。林亨泰常在這種溫馨的場合，語重心長，時有微言大義在其中，頗值得參考。

　　如「很多人都說文學是生活的反映，這是不錯的，但是把生活誤解爲日常生活的流水帳才是生活的表現，那是不可原諒的，文學的眞實感（reality）是一種逼眞，而不是與日常生活的一致，所謂『小說』本來就是一種fiction，如卡夫卡的《變身記》，他所寫的雖然是一種虛構（fiction），但是，讀者

---

⑩ 康原：〈訪林亨泰先生談文學創作中的情感〉，《台灣日報》，1979年3月3日。林亨泰：《林亨泰全集八・文學論述卷5》，頁52-53。

讀來如果能感到逼真，那麼，這就是文學上的所謂『真實性』。」❼

如「詩是從痛苦中創作出來才是真正的東西，脫離現代環境要獨善其身，簡直是沒有辦法。」「主知是優位的，抒情在於其次。古詩或許有它的好處，奈已逐漸被現代人所遺忘。」❼❷

在「詩與現實」的座談會上，林亨泰說：「題材加上表現方法加上思想性才算完整。」「作家應該要想到怎麼寫的問題，所謂專家就是要有解答為什麼這樣的能力。詩人和小說家就是這方面的專業人員！對怎麼寫這問題不能忽略，不但不能忽略，是更重要的一點。」❼❸

第四節　結語：台灣詩哲林亨泰

二〇〇一年，真理大學準備頒贈林亨泰先生「台灣文學家牛津獎」，我建議以「台灣詩哲」的讚辭稱揚他，獲得採納，就如獎詞上所寫「林亨泰先生的作品，為了成型，在形式層次上，必須足夠意象化與結構化；為了耐讀，在涵義層次上，必須充分深層化與多義化。他的哲學思考，已成為台灣詩林之典範。」

❼〈作品合評〉（邱瑩星作品等），原載《笠詩刊》第六期，1965年4月15日。林亨泰：《林亨泰全集九‧文學論述卷6》，頁45-46。

❼❷〈作品合評〉〈鄭炯明作品研究座談會〉，原載《笠詩刊》第七期，1967年2月15日。林亨泰：《林亨泰全集九‧文學論述卷6》，頁97-98。

❼❸〈詩與現實〉（中部座談會記錄），原載《笠詩刊》一二〇期，1984年4月15日。林亨泰：《林亨泰全集九‧文學論述卷6》，頁181。

台灣詩人林亨泰清楚自己要寫什麼，在做什麼，能將艱深的理論化成各種不同的言語，透過不同的管道，深入影響不同世代的詩人，而且跨越語言，跨越政治藩籬，跨越社團，應該是絕無僅有，台灣第一人。

正如一九九六年他寫給張默（張德中，1931-）的信所言，他一生的創作可分為三個時期：

第一時期：銀鈴會時期，自一九四五年至一九四九年。

特色：以日文寫作，滿懷社會改革理念。

第二時期：現代詩時期，自一九五二年至一九六四年六月。

特色：提出主知的優越性和方法論的重要性。

第三時期：笠詩社時期，自一九六四年六月至現在。

特色：強調時代性與本土性，主張「現代」與「鄉土」並不衝突，相信「現代」的成果必能落實於「鄉土」上。❼

這三個時期的理想一直延續著，激盪著，如社會改革的理念，在後期的作品中更為張皇，如主知的優越性和方法論的重要性，在第三時期依然未曾放棄，作為台灣第一位新詩理論者，林亨泰努力的「現代」成果如是落實於台灣的土地上。

---

❼ 林亨泰：〈復張默書〉，《林亨泰全集七・文學論述卷4》，頁301-302。

參考文獻

書目（依作者姓氏筆畫序）：

呂興昌：《林亨泰研究資料彙編》，彰化：彰化縣立文化中心，1994。

阮美慧：《笠詩社跨越語言一代詩人研究》，台中：東海大學碩士論文，1997。

林巾力：《福爾摩沙詩哲林亨泰》，台北：印刻出版公司，2007。

林亨泰：《林亨泰全集》（十冊），彰化：彰化縣立文化中心，1998。

林亨泰編：《台灣詩史「銀鈴會」論文集》，彰化：磺溪文化學會，1995。

柯菱玲：《林亨泰新詩研究》，台南：成功大學碩士論文，1999。

洛夫：《洛夫自選集》，台北：黎明文化公司，1975。

紀弦：《紀弦回憶錄》，台北：聯合文學出版社，2001。

紀弦：《紀弦論現代詩》，台中：藍燈出版社，1970。

康原：《八卦山》，彰化：彰化縣文化局，2001。

康原：《八卦山下的詩人——林亨泰》，台北：玉山社，2006。

笠詩社：《時代的眼‧現實之花》（《笠》1-120影印本），台北：學生書局，2000。

連橫：《台灣詩乘》，南投：台灣文獻委員會，1992。

游喚：《縱情運命的智慧》，台北：漢藝色研，1993。

蕭蕭：《台灣新詩美學》，台北：爾雅出版社，2004。

賴和：《賴和全集》，台北：前衛出版社，2000年。

第4章 八卦山：蘊藏多元的新詩能量

——以賴和、翁鬧、曹開、王白淵透視新詩地理學

第一節 前言：地文現象與人文景觀

　　道光版《彰化縣誌》❶首頁〈序〉文就說：「邑之有誌，所以正封域，紀山川，述政教，詳人物也。」❷開宗明義強調縣誌的編寫是以地文爲主，人文爲次，先紀山川，再詳人物。所以，此誌之〈例言〉提到「志」的體例各有不同，如有以「邑里、山川、事物、詞章」作四大部；有以「天、地、人、物」作四大部；有以「土地、人民、政事」作三大部；有以「地志、政志、學志、軍志」爲正志，「遺跡、寺觀」爲外編，「著述、奏疏」爲文藝；❸都可以看出先確定「地」之靈、再肯定「人」之傑的寫作方向。因此，道光版《彰化縣誌》分爲十二門（卷）：封域、規制、官秩、學校、祀典、田賦、兵防、人物、風俗、物產、雜記、藝文，以封域爲首，以藝文殿後，顯示「地文」優於「人文」

---

❶ 道光版《彰化縣誌》，由原署彰化縣知縣周璽領銜總纂，道光30年（1830年）出版。1962年，臺北：臺灣銀行經濟研究室重刊，列爲臺灣文獻叢刊第156種。1969年7月，彰化縣文獻委員會重刊發行，列爲彰化文獻叢刊。

❷ 李廷璧：〈序〉，周璽：《彰化縣誌》，彰化：彰化縣文獻委員會，1969，頁1。

❸ 周璽：《彰化縣誌・例言》，彰化：彰化縣文獻委員會，1969，頁10-11。

的方誌傳統書寫方式，《彰化縣誌》亦墨守成規，不加改易；當然，也因而見證了萬年少變的河山風土，深深影響了百年求變的人文民俗。

這種方誌的書寫方式可以遠溯到《尚書·禹貢篇》❹、《山海經》❺，其後正史中的〈地理志〉承其遺緒，而二十五史中的〈地理志〉、〈食貨志〉、〈藝文志〉三志的內容，也就成為方誌的主要內容，而其偏重的程度則依此順序而遞減。

西方古典地理學的書寫也一樣重地而輕人，希臘時代的安那則曼德拉（Anaximondras，BC611-547）、赫喀求斯（Hecataeus of Miletus，BC555-？）、希羅多得（Herodotus，BC484-425），羅馬時代的斯特拉波（Strabo，BC63-20）等地理學者，他們的相關著作一樣偏重在地形、地物、地景的描繪，類近於中國的方志書寫。這種方志學（Local Geography）或地誌學（Chorography），近乎區域地理的研究，僅及於地表的探索，尚未達及地質與天象的科學析究，地文與人文的互動關係。一直要到十九世紀「現代地理學」（Ｍｏｄｅｒｎ

---

❹《尚書》是中國最早的歷史典籍，散文之祖。其中〈禹貢〉一篇，敘說「禹別九州，隨山濬川，任土作貢。」開後世地理學的先河。

❺《山海經》凡十八篇，相傳為戰國時代作品，始見於《史記·大宛傳》，不曾註明為何人所作，卷首有劉秀校上奏，稱是夏禹之子伯益所作，列子所言：「大禹行而見之，伯益知而名之，夷堅聞而志之也。」王充《論衡》、趙曄《吳越春秋》也贊同這種說法。不過，書中出現許多夏、商以後地名，應該是周、秦間人作品。書中所記山水，頗多神怪之說，古來多將此書列於道藏之列，或隸屬地理書，清代四庫全書目錄則列入小說家，將此書視為街談巷議、志怪之作。

Geography）發展以後，「天、地、人」三者之間的依存命運、互動原則，才成為地理學者關注的對象，因而有了深入的鑽研和探勘。

現代地理學以研究人和地的相動、依存為主要課題，一方面要認識「地」（包含「天」）的自然環境，如氣候學、地形學、地質學、水文學、生物地理學、土壤地理學等自然地理學（Physical Geography）；另一方面又要認識以「人」為中心的人為環境，如文化地理學、人口地理學、聚落地理學、政治地理學、經濟地理學等人文地理學（Human Geography）。現代地理學勢必要跨越、並結合自然學科與人文學科，逐漸傾向以人文研究為重心。

本文試圖透過道光版《彰化縣誌》記錄的八卦山地理形勢，藉以探索八卦山脈不同的褶皺裡所環擁的子民，在新詩創作上顯現的不同成就，正是受到這種現代地理學研究趨勢所影響。雖然八卦山台地由北而南全長只有33公里，東西寬度約在4至10公里左右，地質上同屬紅土礫石層，地形上因為長期雨水侵蝕而形成的東西向坑崁，南北地區都有相同的徵象，小異處處，卻乏顯著性的區別，無法呈現新詩作品受區域地理特徵所形成的單一影響，但就如南北八卦山台地物產的差異，新詩風格顯然也有地理因素所造成的南北差距。

八卦山台地，芬園、彰化地區盛產荔枝，山腳下員林、社頭以楊桃、龍眼而著名，二水獨以白柚、文旦的栽培令人刮目相看，垂涎以待。33公里的長度即有如此相異的果物，是不是這樣的長度也會有曹操與楊修「乃覺三十里」的資質上的穎悟之別，或風格上藝術手法的深度歧異？茲以彰化市

的新詩人賴和（1894-1943）、員林東山的曹開（1929-1997）、社頭朝興村的翁鬧（1908-1940？）、二水山腳路的王白淵（1902-1965），作爲探討的樣本，他們都生活在八卦山斜坡上或山腳下，與八卦山山脈的縱線岡巒同起同伏，與八卦山山脈的橫切坑谷時相左右，形成八卦山新詩能量蘊藏度最佳的顯示計。

第二節　頂八卦：義憤填膺

　　八卦山台地是彰化縣與南投縣的分界線，北從大肚溪南岸起，南到濁水溪北岸爲止，成北北西向南南東的斜欹走向。包括彰化縣的八個鄉鎮市：彰化市、芬園鄉、花壇鄉、大村鄉、員林鎮、社頭鄉、田中鎮、二水鄉，南投縣的兩個鄉鎮市：南投市、名間鄉。八卦山台地的地勢，南高北低，從南部最高的443m的橫山，向北逐漸遞減，全線高度約在200到430m之間。台地南北總長約爲33公里，東西寬度約在4至10公里左右，南寬而北窄，以南段的南投縣名間鄉爲較寬，而北段的芬園鄉段較窄，形成了多處的瘦瘠稜線。❻ 此一縱向瘦長狀台地，類似一個巨大的菜瓜，❼ 八卦山台地與山腳下的子民，彷彿依賴這條絲瓜而生存。

　　就彰化縣而言，八卦山台地坐臥在東，向西全面開展出大面積的沖積扇平原，直至台灣海峽；整個台地的地勢南高

---

❻ 吳成偉：《八卦山台地——傳統聚落與人文產業》，彰化：彰化縣文化局，2003，頁23-24。

❼ 盧太福‧黃愛：《八卦山脈的演化》，彰化：彰化縣立文化中心，1996，頁8。

北低，全長186.4公里台灣最長的河川濁水溪在其左（南），長度119.1公里的大肚溪在其右（北），形成前有照、後有靠，左青龍高於且長於右白虎的優勢地理。

本文為行文方便，以彰化縣境的「八卦山詩人群」為論述對象，將八卦山脈截分為上八卦（含北端的彰化、芬園、花壇、大村）、中八卦（含中段的員林、社頭）、下八卦（含南端的田中、二水）三段，而以賴和、曹開、翁鬧、王白淵為代表。

上八卦的地理形勢，依《彰化縣誌》記述，包括：「由羌仔寮山分支向南者，為蔦松坑山、內庄山、楓腳庄山、員仔內山，至三家春庄前山而止（此與邑治分支南下山也）。由鳥頭坑山分支北行者，為獅仔頭山、為鹿寮山、坑仔內山、打銃山、番仔井山。又轉西而南者，為待人坑山、觀音山。此皆邑治之護衛也。而觀音山蔚然秀拔，以作學宮之朝拱。其由草子山向北而行，至十六份山，門屏束峽，自市仔尾轉北面南，至八卦亭山而止，則邑治之主山也（諸志云高峰秀出者曰望寮山，其下有北路、中軍之旗鼓，則半線之營壘也，即今八卦亭山，一名定軍山，距縣城東門不過數百武）。」[8] 這是由花壇、大村北上的八卦山脈，根據《彰化縣誌》的形容，這樣的形勢是用來拱衛縣治所在地，用來朝拜學宮孔子廟的，雖然不免有崇政尊儒的封建思想，但是如果以台灣新文學的發展而言，彰化地區是以行醫「市仔尾」的賴和為馬首，唯賴和是瞻，正符合「自市仔尾轉北面南，至八卦亭山而止，則邑治之主山也。」

---

[8] 周璽：《彰化縣誌》，彰化：彰化縣文獻委員會，1969，頁90-91。

　　賴和與八卦山的關係要從「虎山巖」說起，《彰化縣誌》記載：「虎巖，白沙坑內虎山巖也。乾隆十二年（1747）里人賴光高募建。巖左右依山環抱，茂林修竹，翠巘丹崖，遊覽之勝，與碧山巖等。每當春夏之交，禽聲上下，竹影參差，清風徐來，綠蔭滿地，置身其間，彷彿神仙境界。」❾這就是清朝嘉慶十八年（1813）彰化知縣楊桂森選定的「彰化八景」之一的「虎巖聽竹」。❿「虎山巖」主祀神明為觀世音菩薩，配祀者包括捐獻土地、集資建廟的賴鳳高祿位（《彰化縣誌》誤為賴光高），根據賴和先生族譜，賴鳳高為其先祖，當時是花壇鄉的大地主，先祖行善於花壇，賴和行醫於彰化，都在北八卦行事，淵源極深。

　　1903年賴和進入私塾學「漢文」（以台語誦讀古詩古文），其後進入彰化公學校（校址原設於彰化孔子廟，後遷移今日中山國民小學）讀新制小學六年，1907年又入彰化南壇（即南山寺，中山國小對面），隨私塾老師黃倬其繼續研讀古詩文，奠下深厚的舊文學基礎。這是少年時代的賴和，就在八卦山下今日文化局周圍兩公里的地方，深植新舊文學磐基，如果沒有這段八卦山扎根的深厚基礎，賴和只會是一個醫師，一個小說家，而不會是「台灣新文學之父」。1909年春

---

❾ 周璽：《彰化縣誌》，彰化：彰化縣文獻委員會，1969，頁110。
❿ 清朝嘉慶十八年（1813）彰化知縣楊桂森選定的「彰化八景」是：豐亭坐月，定寨望洋，虎巖聽竹，龍井觀泉，碧山曙色，清水春光，珠潭浮嶼，鹿港飛帆。見《彰化縣誌》，頁109。其中「豐亭坐月」、「定寨望洋」、「虎巖聽竹」、「碧山曙色」、「清水春光」五景，都在八卦山區內。但「龍井觀泉」今屬台中縣，「碧山曙色」、「珠潭浮嶼」今屬南投縣。

天賴和從公學校畢業，考入醫學校（台灣大學醫學系前身）就讀，五年後畢業，先在台北懸壺，後在嘉義執業，1917年6月返回彰化市仔尾開設「賴和醫院」，第二年遠赴廈門博愛醫院服務，1920年返台，其後加入「台灣文化協會」，以強烈的民族意識，展開社會運動與台灣新文學運動，從此未再離開八卦山。

所謂「八卦山」，一般是指彰化市大佛所在的縣邑主山。《彰化縣誌》對這座主山的歷史紀錄是：「定軍山即八卦山。雍正間巡道倪象愷平大甲西社番林武力等之亂，乃建亭山上，名山曰定軍，名亭曰鎮番，紀武功也。乾隆六十年三月，陳周全滋擾，亭燬於火，遺址無存。嘉慶十六年邑令楊桂森唱建縣城，又於定軍山上造磚寨，曰定寨，門樓高敞，登臨一望，遠矚全邑之形勝，近瞰一城之人煙，甚壯觀也。」⑪這是海拔高度100公尺的山丘，適合登高望遠，可以遠矚全邑之形勝，近瞰一城之人煙，生發無限感慨。

何況，其時是日本殖民政權惡質壓制台灣人民的時代。其地是林爽文之役（1786-1787）、陳周全之役（1795）、戴潮春之役（1861-1864）、施九緞之役（1888）、八卦山之役（1895），⑫兵家必爭之地。其人是為台灣新文學「打下第一鋤，撒下第一粒種子」⑬的賴和，是「滔滔濁世中的一股清

⑪ 周璽：《彰化縣誌》，彰化：彰化縣文獻委員會，1969，頁109-110。

⑫ 賴盟騏：《八卦山的故事》第四章〈險要的八卦山〉，彰化：彰化縣立文化中心，1996，頁58-70。

⑬ 楊守愚：〈報顏閒話十年前〉，《楊守愚作品選集》，彰化：彰化縣立文化中心，1995，頁437。此文原刊於《台北文物》三卷二期，1954。

流，一顆台灣人的良心」❶。則其遠矚全邑之形勝，近瞰一城之人煙，所慨所嘆，震撼的豈僅是小小一座八卦山而已！

賴和，「他的文學態度，始終保持與歷史、時代、民眾，緊密的聯繫。因之，他的創作意識與歷史意識、時代意識一直是共通並存的。」❺這是陳明台在〈人的確認〉這篇論文中所確認的。就新詩而言，六十首作品中可指出兩點特殊的成就，一是賴和的新詩語言（小說語言亦然）固守「台語漢字」的書寫策略（其中有九首，純台語發聲），這是強烈的台灣意識、台灣精神的顯現；二是賴和傑出的四首常被討論的新詩作品「始終保持與歷史、時代、民眾，緊密的聯繫」，是歷史意識、抗議精神的堅持，可以尊之為台灣「史詩」之祖。這四首與史事結合的史詩，列表於次頁，以見其為農民發聲、為彰化發聲、為弱者發聲、為台灣發聲的急切心情，人道主義者的關懷與情義，民族主義者的使命與勇氣，俱在於是。❻

第四首史詩〈低氣壓的山頂（八卦山）〉，非為具體的事件而寫，而是長年愁鬱淤積胸口，不能不噴薄而出。這首詩以登臨八卦山所見到的「自然的震怒」（天色陰沉灰白，郊野霾霧充塞，風聲唬唬不停），暗喻外在環境的惡劣；接下來，

❶ 王昶雄：〈打頭陣的賴和〉，李篤恭編：《磺溪一完人──賴和先生百年紀念文集》，台北：前衛出版社，1994，頁29。
❺ 陳明台：〈人的確認──試論賴和的人本意識〉，李篤恭編《磺溪一完人》，台北：前衛出版社，1994，頁109。
❻ 賴和：〈覺悟下的犧牲〉、〈流離曲〉、〈南國哀歌〉、〈低氣壓的山頂（八卦山）〉，《賴和全集・新詩散文卷》，台北：前衛出版社，2000，頁76-80、93-114、136-141、144-151。

史事	發生日期	史詩	寫作日期
二林蔗農事件	1925 年 10 月 21 日	覺悟下的犧牲	作於 1925 年 10 月 23 日，發表於《台灣民報》八十四號，1925 年 12 月 20 日。
退職官拂下無斷開墾地	1925、26 年	流離曲	發表於《台灣新民報》三二九至三三二號，1930 年 9 月 6、13、20、27 日。
霧社事件	1930 年 10 月 27 日	南國哀歌	發表於《台灣新民報》三六一、三六二號，1931 年 4 月 25 日、5 月 2 日。
被殖民的苦悶第二次霧社事件（保護番收容所襲擊事件）	1895 年－1931 年 1931 年 4 月 25 日	低氣壓的山頂（八卦山）	作於 1931 年 10 月 20 日，發表於《台灣新民報》三八八號，1931 年 10 月 31 日。

　　一方面想起這是秋收季，為甘蔗綠浪翻飛、稻田金波湧起的農民豐收而慶幸，一方面卻也為風大浪高下討海人的安危而擔心；十月是「灰面鷲鷹」南遷，過境大肚山、八卦山之時，因而寫空中鷹揚之姿，也寫草叢中小兔子不知恐懼，用以鼓舞受壓迫的人民。最後以風起雲湧的狂飆迴旋，象徵內心變天的渴望，唯有全面性的革命手段，摧毀一切，才能期望未來的人類世界幸福。

雲又聚得更厚，
風也吼得更凶。
自然的震怒來得更甚，
空間的暗黑變得更濃，
世界已要破毀，
人類已要滅亡，
我不為這破毀哀悼，
我不為這滅亡悲傷。

人類的積惡已重，
自早就該滅亡，
這冷酷的世界，
留它還有何用？
這毀滅一切的狂飆，
是何等偉大淒壯！
我獨立在狂飆之中，
張開喉嚨竭盡力量，
大著呼聲為這毀滅頌揚，
併且為那未來的不可知的
人類世界祝福。 ❼

〈低氣壓的山頂（八卦山）〉，有當日登臨雲急風狂的實景，也有平時登臨的印象留存；有天象惡劣的的暗喻，也有

---

❼ 賴和：〈低氣壓的山頂（八卦山）〉，《賴和先生全集》，台北：明潭出版社，1979，頁187-193。此處選錄末二節，見頁192-193。

人心變天的象徵。正因爲登臨八卦山，遠矚近瞰，對鄉親的關切（農事、漁業），對國事的感憤（保護番收容所襲擊事件，在日人的蠱惑下台灣人相殘），全寄託於此，這首詩正可以作爲賴和史詩的代表，也是台灣新詩「義憤塡膺」的一項重要指標，缺少這一分「義憤塡膺」，就像彰化沒有了八卦山，台灣失掉了中央山脈，台灣人抽去了脊樑。

第三節　中八卦：心思細密

　　八卦山脈的脈勢，往南挺進，漸趨升高，彰化、芬園以南，已有山上、山下之分，山上栽種果樹，山下住居人家，上山是爲了培木採果，養家活口，不是爲了登高眺遠，感時憂國。因此，中八卦的詩人擔心的是生活中的柴米油鹽醬醋茶，他們在砍柴伐薪之餘，思索的是最基本的人的生存問題。這個地區的山勢和緩，屬於長長的龍身，不像北八卦的山勢，仿若龍尾，機靈活力，對時事、政局有著立即性的反應。所以，中八卦的詩人心思沈潛，善於長考，他們的新詩顯現出哲理的光輝，以翁鬧、曹開作爲論述的證例。

一、翁鬧的鄉思與哲思

　　《彰化縣誌》關於中八卦山丘的敘述，大約只有這幾句：「大武郡山，在縣治南三十餘里，由牛相觸山分支，右出綿亘二、三十里，下有清水巖。」「南投山，在縣治東南四十里，山麓爲縣丞署。」[18]「許厝寮山，即大武郡山之曲處，清水巖

---

[18] 周璽：《彰化縣誌》，彰化：彰化縣文獻委員會，1969，頁95。

寺在其麓，邱壑林泉，頗饒幽趣，春日尤佳，爲邑治八景之一，曰清水春光是也。」[19] 這個地區隸屬今日彰化縣社頭鄉，翁鬧的故里，平凡中見幽趣的山野。

在這樣的山野成長的翁鬧，創作了六首日文詩篇，十首英詩譯作，兩篇詩的隨想，在六篇新詩作品中就有三首觸及到他生活的山丘（〈在異鄉〉、〈鳥兒之歌〉、〈故鄉的山丘〉），顯示他對家鄉的懷憶與熱愛。如〈在異鄉〉詩中，他引述尼采的話：「無故鄉者禍也」，極陳異鄉獨處的寂寞與悲哀：「寂寞，它在無光的茅屋中／在晚春的暮色裡告別／悲哀在遙遠的雲際／望不到 故里的山姿」。在遙遠的異鄉，望不到八卦山姿，成爲深沈的悲哀。這種對於自己家鄉深切的愛，最精彩的篇幅還出現於〈在異鄉〉的首段，以實寫八卦山春秋兩季過境的灰面鵟鷹（清明節北返，被稱爲南路鷹、培墓鳥；雙十節左右南遷，有人稱之爲國慶鳥）越過山嶺飄過大海的英姿，作爲他鄉愁的象徵；同時也用灰面鵟鷹自喻飄離故里「在狂風中獨自躑躅」的孤伶感：

> 越過山嶺，涉足谷間
> 飄過大海，臨淵佇立
> 幽幽之聲，輕輕呼喚我名
> 啊！那是巢居我內心之大鷹 [20]

---

[19] 周璽：《彰化縣誌》，彰化：彰化縣文獻委員會，1969，頁97。
[20] 翁鬧：〈在異鄉〉，陳藻香・許俊雅編譯：《翁鬧作品選集》，彰化：彰化縣立文化中心，1997，頁7-11。此詩原載《台灣文藝》第二卷第四號，1935年4月1日。

　　另一首〈鳥兒之歌〉，翁鬧將那吱吱之聲當作「心靈的回音」，還問她們：「鳥兒啊！你的故鄉究竟在何方？」[21] 換句話說，離鄉的翁鬧將自己思鄉的心情投射在鴛鷹、鳥兒的身上，牠們巢居在內心深處輕輕呼喚，牠們的吱吱之聲是「心靈的回音」。翁鬧出生於1908年，社頭窮苦農家子弟，1929年從台中師範畢業，曾任教於員林、田中的公學校五年，1934年赴日就讀私立青山學院英文科，主要作品（詩與小說）都發表於1935-1936年間，二十八、九歲的年紀，其後作品漸疏，可能在1939或1940年因貧病而客死異鄉，得年僅三十二、三歲。見過翁鬧、報導翁鬧的第一手資料，如楊逸舟〈憶夭折的俊才翁鬧〉，劉捷〈幻影之人──翁鬧〉，用語均十分負面，如「看不起台灣女性」、「盲目崇拜日本女性」、「狂人」、「性格怪異」、「與一個四十六歲的日本婦人同居」，[22] 再如「他像夢中見過的幻影之人」、「在東京苦修流浪的文藝人」、「窮苦到了極點」。[23] 都像是翁鬧詩中的鳥兒「在這世上／竟沒有妳憩息的地方」，讓人瞧見「只為純粹而

---

[21] 翁鬧：〈鳥兒之歌〉，陳藻香・許俊雅編譯：《翁鬧作品選集》，頁18-23。此二句見頁19。此詩原載《台灣文藝》第二卷第六號，1935年6月10日。

[22] 楊逸舟：〈憶夭折的俊才翁鬧〉，陳藻香・許俊雅編譯：《翁鬧作品選集》，頁248-251。此文原載《台灣文藝》九十五期「翁鬧專題研究」，1985年7月。

[23] 劉捷〈幻影之人──翁鬧〉，陳藻香・許俊雅編譯：《翁鬧作品選集》，頁276-280。此文原載《台灣文藝》九十五期「翁鬧專題研究」，1985年7月。

活的／妳的哀思」。❷

　　就在這種鄉愁與窮困潦倒的煎熬中，翁鬧的鄉思中展現
了哲思，〈故鄉的山丘〉展現新詩人的睿智：

　　我繞著雛菊綻開的小丘
　　追逐著，跳向穴洞的青蛙

　　陽光在我胸前融化
　　輕柔得使我瞠目

　　啊，誰在撥弄天庭之琴弦？
　　這一天，我們遙遙地遠離了死神

　　甘蔗園上遍地開滿了花朵
　　夕陽，她，趕忙來湊上一腳

　　雙親的家，在墓地的彼方
　　我吹著口哨，歡迎春的到來 ❷

　　這首詩兩行為一節，格式固定，表面上可以視為懷鄉之
作，如雛菊、青蛙是八卦山野易見的生物，陽光輕柔是北緯
23度52分37秒5004到56分17秒8831的社頭鄉所常享有；

---

❷ 翁鬧：〈鳥兒之歌〉，陳藻香・許俊雅編譯：《翁鬧作品選集》，頁18-
　23。
❷ 翁鬧：〈故鄉的山丘〉，陳藻香・許俊雅編譯：《翁鬧作品選集》，頁
　12-14。此詩原載《台灣文藝》第二卷第六號，1935年6月10日。

坐東向西的翁鬧三合院面對山腳路，路的西側就是一大片甘
蔗園，夕陽照射甘蔗末梢可以直達翁家大廳；翁鬧所在的朝
興村，南邊坡地就是公墓，翁鬧曾說自己是養子，原生家庭
會不會在墓地的另一邊？如此對應下，〈故鄉的山丘〉當然
是一首寫實的懷鄉之作。但其中有天庭琴弦、遠離死神之
說，顯然不是懷鄉這麼單純而已。這時，回過頭檢視兩行一
節的格式，竟是一生一死交錯而行：雛菊綻開是生機，人追
青蛙青蛙跳向穴洞是避開死亡；陽光融化是潰退，輕柔則是
舒適；天庭琴弦是天籟，遠離死神有如青蛙跳向穴洞；甘蔗
園開花是喜，夕陽西下則有悲的氣息；「雙親的家在墓地的
彼方」可能暗示雙親在另一個國度，吹著口哨則是快樂的行
為。所以，這首詩頗有「齊死生」的豁達之觀，這種超越生
死的哲思是擾攘不安的台灣人值得靜下心來思考的生命觀，
是台灣新詩值得試探的方向。

　　翁鬧與薄命詩人楊華一樣，才華洋溢卻生活困頓，年紀
輕輕即已結束生命，但比起楊華，「對做為養子翁鬧來說，
他的一生倍加充滿荒謬的情境，長期不安定又衣食無著的異
鄉流浪生活，加上始終缺乏知音的善意回應與支持，飢寒交
迫、神經錯亂必然無所逃於天地之間。」[26] 但即使如此，他
的詩觀卻是勁健有力：「比去愛象徵偉人天年般圓熟靜謐的
夕暉，我更深愛萬物剛從夢中蘇甦般潔淨無邪的晨曦。」[27]

---

[26] 許俊雅：〈編譯後語〉，陳藻香・許俊雅編譯：《翁鬧作品選集》，頁
321。

[27] 翁鬧：〈跛腳之詩〉，陳藻香・許俊雅編譯：《翁鬧作品選集》，頁
196-197。此文原載《台灣文藝》第二卷第四號，1935年11月1日。

雖然這樣的詩有些跛腳，卻充滿獨特的、創意的青春活力。翁鬧當時的知音稀而微，但他卻有 High brow（高智慧者）的自我期許：「他永遠是孤獨，且似孩童，他與庸俗似永不相容，他閱讀陌生的書籍，傾聽陌生的異國音樂，陶醉於無名畫家之畫。他從馬斯尼的〈哀歌〉、畢卡索的〈詩人的出發〉中，悄悄找到了靈魂的桑梓。但當這些歌聲充斥街坊，膾炙人口之時，他的靈魂又將匆匆地奔向他方。」❸ 高智慧者對哲理詩的追求就是這樣永不停歇。

二、曹開的數學與哲學

翁鬧以小說見長，詩作不多，但以哲思與鄉思拓展新象，卻成為八卦山詩人群在山區定靜自己，省思生命最好的一個走向，尤其是中八卦穩定的山坡林野，最適合孕育哲思型詩人，住居員林通往草屯必經的東山詩人曹開，是另一個開創力大、震撼性強的哲學詩人。

曹開，筆名小數點，1929 年出生於員林東山山腳路曹厝，1937 至 1943 年入東山公學校就讀，並由父親曹牆傳授漢文，再入員林公學校高等科一年，1944 年考進豐原商業專修學校（光復後改為豐原商職、豐原高商），1947 年初級部畢業，進入台中師範學校就讀，1949 年末被誣指觸犯叛亂條例被捕，第二年判處十年徒刑，直到 1959 年刑滿出獄，獄中自

---

❸ 翁鬧：〈有關於詩的點點滴滴——兼談 High brow〉，陳藻香・許俊雅編譯：《翁鬧作品選集》，頁 198-200。此文原載《台灣文藝》第二卷第六號，1935 年 6 月 10 日。

行研發以數學入詩並蘊含哲理的作品，頗有所得。出獄後一年結婚，因曾入獄，求職不順遂，自行經營果菜市場生意，應用在獄期間所習得的醫技，開設藥房、皮膚痔瘡專科診所、醫院，後來又轉行房地產買賣、五金電器用品批售，謀生地點包括員林、台北、潮州、新營、善化，並曾短暫移民阿根廷，最後落腳於高雄。1987年以五十九歲高齡參加鹽分地帶文藝營，以〈小數點〉、〈天平〉獲新詩創作第一名，作品刊登於當年11月27日《自立晚報・副刊》，詩名漸開，《笠詩刊》141期、《文學台灣》18期、《心臟詩刊》20期，均曾大篇幅刊登其詩。1997年7月由呂興昌從一千多首曹開詩作中揀選145首，編輯為《獄中幻思錄——曹開新詩作品集》，由彰化縣立文化中心出版，是曹開目前唯一可見的詩集（此書後來易名為《小數點之歌》，2005年7月由台北書林出版公司發行）。可惜，1997年12月6日曹開因腦溢血猝逝，享年七十，台灣數學哲理詩的寫作或許因此成為絕響。

　　呂興昌所編《獄中幻思錄——曹開新詩作品集》，依題材將曹開作品分為五輯：獄中悲情、數學幻思、科技玄想、即物掃描、生命透視，但未能見出生命軌跡、寫作進程。書後附有呂興昌寫於一九九五年的論文〈填補詩史的隙縫——論曹開五〇年代的獄中數學詩〉，是為論述曹開詩作最早的篇章。論文中分為三方面評論曹詩：（一）諧仿的譏刺，（二）思想禁錮的控訴與昇華，（三）異質的存在：數學詩天地。最後的結論是：「他那特殊的『數學』表現形式，在新詩美學的發展上，具有可敬的創造力，在新詩語言漫長的摸索、嘗試的過程中，他的努力勢必成為歷史的見證。」㉑

宋田水指出：「近年出版的新普林斯頓版《世界詩人與詩學百科全書》（The Encyclopedia of Poet and Poetic, Princeton University Press，1993），體例完備，收入了古今世界各種詩的傳統、風格和形式，就是沒有數學詩這個項目。其他各種冷門詩選也未見過（數學詩）。」所以，他認為數學根本是詩的黑暗大陸，「曹開卻扛著沉重的政治犯鎖鍊，向這塊黑暗大陸探險，在詩壇上我行我素、自歌自哭，哭出了一條新路。」[30] 這條新路，是以數學及其背後的科學為表現的載體，所呈現的豐厚的哲學小徑。

曹開詩學中的數學與哲學，因為受到十年冤獄的影響，可以理出在有限空間所領悟的無限智慧，約略為四點：

（一）侷限的空間

牢獄，一個禁錮的空間，嚴重失去移動的自由，在長達十年的歲月裡，會使人患上「幽閉恐懼症」（claustrophobia），曹開的數學詩中，往往表現出這種侷限在有限空間裡的畏縮、恐慌和無助，被戕害的心靈創痛，歷歷在目，令人不忍。

表現這種侷限空間的詩作往往以（括弧）作為最主要的

---

[29] 呂興昌：〈填補詩史的隙縫──論曹開五○年代的獄中數學詩〉，呂興昌編：《獄中幻思錄──曹開新詩作品集》，彰化：彰化縣立文化中心，1997，頁229。

[30] 宋田水：〈曹開和他的數學詩〉，《聯合報・副刊》，1997年10月25日。

數學象徵符號，傑出的詩篇，如〈囚牢〉、〈括弧的世界〉就是。〈囚牢〉率先指出：囚牢是「宇宙裡最狹窄的人工小黑洞」，就像是「世界函數裡清算查封的小（括弧）」；「黑洞，一旦吸入／吐出無望」，就像是「（括弧）一旦套進／除非因式分解──」。[31]這首詩以「略喻」結合了「囚牢」與「（括弧）」，緊密無誤，卻也緊密無解。

〈括弧的世界〉則以由小而大的不同括弧，一層一層裹住，最裡面是最渺小、最無助的我，形成一個圖像世界：

$$它 \{ 他 〔 你 _{（我）} 妳 〕 她 \} 牠 [32]$$

特別要注意的是，最外圍，這一方是指稱事物的「它」，無情無義，麻木不仁；另一方是指稱禽獸的「牠」，無血無淚，凶狠殘忍。他們卻都在括弧之外，作逍遙遊！這是對造成冤獄的血腥統治者，強烈的控訴。

（二）微渺的小數

曹開以「小數點」作為筆名，微渺的小數顯然成為他自己存在的明證。在〈小數點〉這首詩中，曹開一方面謙稱自己的渺小（囉嗦的尾巴，數字間的小螞蟻），另一方面卻也相

---

[31] 曹開：〈囚牢〉，呂興昌編：《獄中幻思錄──曹開新詩作品集》，頁93。

[32] 曹開：〈括弧的世界〉，呂興昌編：《獄中幻思錄──曹開新詩作品集》，頁92。

當自豪「小數點」是不可忽略的存在（頻頻拉近數目的差距，永遠豎立在科學的頂尖）。[33] 這種小而自信的「小數點」人生觀，讓他在出獄後的歲月裡，以小數點譬喻台灣，歌頌台灣：

　　台灣，你在煩雜的世界裡

　　變幻莫測的函數中

　　經過漫長無情的演算

　　你仍是個獨屹的小數點

　　小數點，台灣，你像一顆金星

　　高配著無窮大的天體

　　面對無數的劫數與異數

　　孕育不朽的光芒 [34]

　　十年的黑牢生活未曾壓倒他，越是被欺壓，越要活得堅毅，他說：「活在不可理喻的天地間，不猖不狂，怎能立足？」[35]「小數點」的人生觀是一種愈挫愈勇的「打不死」的蟑螂哲學，顯示著彰化人以八卦山為脊樑的日常啟示，見證台灣人強韌的生命潛力。

---

[33] 曹開：〈小數點〉，呂興昌編：《獄中幻思錄——曹開新詩作品集》，頁49。

[34] 曹開：〈給小數點台灣〉，呂興昌編：《獄中幻思錄——曹開新詩作品集》，頁52-55。此二節出現在頁52。

[35] 宋田水：〈一成名就成鬼〉，《台灣日報·台灣副刊》，1998年11月27日。

(三) 善變的人性

　　台灣解嚴之後曾多次與曹開相識、交往的宋田水,認為寫詩對曹開來說:「是對命運的報復,也是對集權的痛恨。」「白色恐怖下,政治犯的冤苦超越人世一切的酸甜苦辣,使他的生命在深悲極怨裡,醞釀著一股化不開的鬱結之氣,『你關我十年,我幹你一千年』的怒火支撐著他。」❸這種情緒的宣洩自是人情之常,但在曹開的詩中,其實也曾沈潛下來,以數學公式思索「人性」何以淪落至此?最後發現人性善變才是造致這些悲劇的源頭,這些詩作包括〈徬徨的數字〉、〈數目的夢幻〉、〈紛雜的函數〉、〈變數〉、〈比目方程式〉、〈不定方程式的兩邊〉、〈數目的變換論涵〉、〈括弧內外〉,如〈數目的變換論涵〉以五句極簡的相同句式,雜入錯綜變化的對立詞彙、不同的數學語言,共同構築人性善變的定論:「有時一個數字在方程式的西方是負數／而遷到方程式的東方卻變成正數」、「有時一個數字在方程式的東岸是變數／而遷到方程式的西岸卻變成常數」、「有時一個數字在方程式的西面是無理數／而遷到方程式的東面卻變成有理數」、「有時一個數字在方程式的東端是虛根／而遷到方程式的西端卻變成實跟」、「有時一個數字在方程式的左邊是劫數／而遷到方程式的右邊卻變成異數」。❸劫數與異數,雖不是數學之數,卻因為同一個「數」字,在這首詩的等式中扮演著增強

---

❸ 見前注。

❸ 曹開:〈數目的變換論涵〉,呂興昌編:《獄中幻思錄──曹開新詩作品集》,頁77。

結論的重要角色。

在這種善變、對立的數學程式中，曹開有時帶入「空間對比」的比目魚，有時帶入「時間對比」的蝙蝠，甚至於「性別對比」的愛情觀也在這種程式中演算。但最足以令人震撼、沈思的，卻是帶入「內外對比」的（括弧）後的解析，形成聯立矛盾方程式的無窮變幻：

運用時間奇妙的逆定理
經過無常的因素分解

你在（括弧）裡面是個偉大的領袖
而到（括弧）外面卻是卑鄙的小人

你在（括弧）外面是個英雄
而到（括弧）裡面卻變成狗熊

你在（括弧）門外是個完美的圓
而到（括弧）門內卻是個空虛的零圈

你在（括弧）的牢內是個劫數
而到（括弧）的牢外卻是個異數

你在（括弧）的下層是個魔鬼
而到（括弧）的上層卻是個神仙

……人類就這樣沈湎於無情的演算

聯立矛盾方程式當然變幻無窮 **⑱**

　　曹開的詩善於利用簡單的句式，形成有力的對比，其中卻又蘊含著善變的世間面貌，因而展開他的哲學思辨。如果以數字而言，最為簡潔的數字無疑是「O」字，因此，在曹開的數學哲學裡「O」是個重要的啓發與象徵，頗似老子從「無」所展開的求「道」之旅。

（四）歸零的體悟

　　「O」，在曹開的思想裡是個完美的象徵，政治的烏托邦，人類理想之所繫。如在〈O點（座標中心）〉中，「O」是每一個人的立足點，可以從此為自己的風格忙碌、為自己的理想奔馳，卻不會去侵佔別人的座標。如〈從零看人生〉，他認為「O」是虛懷若谷，不做無謂的爭執；「O」是圓滿的修行啓示，無我的最高層次。在〈O，零的人生觀〉裡，他說O是心靈的牧師，所有的是非善惡，因為O而得到超脫；O是生命的卵石，萬物以愛的溫暖使它孵化成長。

　　O，使曹開從冤獄的罪罰與苦痛的折磨中，得到超昇、淨化，在O的詩篇中幾乎看不到鬥爭、仇恨、怨尤，〈零超越宇宙〉可以做為這種歸零體悟的詩作代表：

---

⑱ 曹開：〈括弧內外〉，呂興昌編：《獄中幻思錄──曹開新詩作品集》，頁91。

零是無邊無際的總和
它是宇宙之母
從它的胎盆
萬物產生

它是中立的樞紐
不偏袒任何方位
積極而不孤伶
統合一切，調和虛實

零樂觀的參與
操作所有的轉機
創造世間
脫俗的內涵

只有零能令狂妄的無窮
回省歸元
渺茫自大的太極
收斂知還 ❸

　　從數字的「0」到幾何學的「圓」，曹開一直維繫著這種
「回省歸元、收斂知還」的肯定看法，在〈三角形與圓形〉
中，尖銳的三角形被溫柔的圓所含容，〈幾何詩〉裡，方與

---

❸ 曹開：〈零超越宇宙〉，呂興昌編：《獄中幻思錄──曹開新詩作品
集》，頁100。

圓似剛與柔，兩心契合於同一點。含容、契合、圓滿，一切都歸於「O」。

因爲「O」的體悟，曹開甚至於想要「掐節節鐵鏈爲佛珠」，有著將囚室變爲佛堂的大願。〈零珠佛鍊〉中，他以圖象顯示把零字連環起來可以聯結爲佛珠，「纏綿不絕的誦唸／直到每個零變成完美的圓／直到零字化爲靈珠／菩薩往生於其中」。❹ 這不同於一般社會大眾受苦受難時祈求佛菩薩保佑的禱詞，而是人生哲理放空一切、歸還於零的眞正領會與解脫。

〈能清算什麼〉這首詩可以視爲曹開數學哲學詩的總結，首段是小數點的孤苦伶仃，猶無法免於被清算的命運；其後三段是常數、變數，有理數、無理數的對比，「異數」的跳脫，「我」都有可能橫遭禁錮清算。這是「實有」的煩惱，如果我是「空無」呢？「倘若我將來空空／去作一個零騎士／你就是化作虛數　運用劫數／在我的駕馭下／你還能清算什麼呢？」❹

數學詩是曹開的秘密武器，「進可以窺見宇宙奧秘，還可以爲人卜卦算命。」數學詩是「曹開在各種困境中苦練出來的『武林絕招』，這種獨門絕招用在寫作上，不但有著達達主義式的俏皮；用當前學術界流行的術語說，則頗具顛覆性的價值。」❹ 這種獨門功夫雖然來自曹開天賦異稟，在密閉

---

❹ 曹開：〈零珠佛鍊〉，呂興昌編：《獄中幻思錄——曹開新詩作品集》，頁102-103。

❹ 曹開：〈能清算什麼〉，呂興昌編：《獄中幻思錄——曹開新詩作品集》，頁87-88。

❹ 宋田水：〈一成名就成鬼〉，《台灣日報‧台灣副刊》，1998年11月27日。

的囚室中思索,所撬開的一條活路,卻見證八卦山坳裡所蘊藏的新詩能量的豐富度。

第四節　下八卦:宣暢淋漓

　　八卦山南走至濁水溪,爲濁水溪急流所切割,形成懸崖峭壁,二水鄉就在這險山急水之旁,是彰化縣最東南方的鄉鎮,也是面積最小的鄉鎮,全鄉面積只有29.449平方公里,東西長約8.75公里,南北寬爲5公里,從地圖上看來頗似美人的「菱角嘴」。地勢由東北角與南投縣名間鄉交界的海拔431m向西、西南傾斜,最低處是與溪州鄉相鄰的標高64m的河川地。其鄉鎮界線,約有十分之二爲八卦山台地,與名間鄉爲界;十分之五爲自然的濁水溪中游河谷,與雲林縣相對;十分之三是平原接壤線,以與北邊的田中鎮、西邊的溪洲鄉爲鄰。全鄉由東邊的山丘地形(丘陵、坡地、坑溝)、南側的濁水溪中游河岸地形、以及涵蓋全境的沖積扇平原所組成,既有險峻的山水,又有富庶的平原,如此地理形勢所孕育出來的新詩人才,必然不同於只在山丘與都城或山野與平原奔走的詩人。

　　特別是名間、二水接壤的八卦山是整個山脈最爲高聳的地區,《彰化縣誌》這樣記載:「由集集大山出脈諸山,聯絡向西狂奔,在濁水溪之北,勢若萬馬奔馳不可羈勒。至濁水溪庄後,穿洋過峽,約十里開平,遠望之則見降勢落脈,分明在目,近矚之但見一片平鋪,莫尋蹤跡,如草色遙看近卻無,自過平至松柏坑屈尺址,乃起峯巒,別抽一枝南下,以塞水口(俗稱外觸口)。其大幹則由南逆北,旋起旋伏,上

皆平坦，可墾爲園，惟摺疊處則多曲折高?，旋轉視若平地。至牛港嶺，又起一山，橫亘其間，自山上平處望之，眞若山上有山者，中幹向北而行，兩旁分支下垂，統大勢觀之，恍如蜈蚣一樣（或謂瓜藤龍）。」❸ 這樣的「勢若萬馬奔馳不可羈勒」的山脈走勢，其實可以看做是八卦山「龍抬頭」的龍頭所在，配以濁水溪由東邊高山源頭、丘陵轉入西面平原的水流走勢，頗有「龍吐水」的吉瑞徵兆。這裡正是孕育、培養台灣最早的日文新詩集之一的《棘の道》❹的所在，詩人、美術評論家王白淵的家鄉。

王白淵，1902年彰化二水出生，當時的地籍是台中廳東螺東堡大坵園庄有水坑，今屬二水鄉惠民村山腳路西側，1965年歿於台北，享年六十四歲。是台灣代表性的早期作家、詩人、文化人，專長：新詩、文化藝術評論。戰前之台北師範學校（1917-1921）、東京美術學校(1923-1926) 畢業，曾任教於溪湖和二水兩座公學校（1921-1923）、日本岩手縣盛岡女子師範學校(1927-1932)、中國之上海美術專科學校（1935-1936）及台北的大同工學院（1959-1961）。因受彼時民主獨立思潮、左翼思想影響，思想先進，見識超拔，舉凡二次大戰前後台灣之主要文化活動、組織，幾乎皆有其形跡，故不見容於日本及國府當局，曾先後被捕入獄於兩者的黑牢四次，累積坐牢時間約爲十年。一生波潮萬丈，曲折坎坷，

---

❸ 周璽：《彰化縣誌》，彰化：彰化縣文獻委員會，1969，頁89。

❹ 王白淵：《棘の道》，日本盛岡市：久保庄書店，1931年6月發行，寫作時間約爲1925-1930年之間。稍早出版的日文詩集是1930年陳奇雲的《熱流》與楊熾昌（水蔭萍）的《熱帶魚》。

局的開闊。

　　1931年10月20日賴和寫作〈低氣壓的山頂（八卦山）〉，詩中處處見到陰沈的天色、霾霧充塞的郊野、沒有雞狗聲息的村落、死亡威脅之下的白兔、失盡威光的日頭，眼中一切都現著死的顏色。賴和藉此以象徵日本殖民下台灣處境的惡劣，兩次霧社事件人性泯滅的可悲。同樣完成於1931年之前，同樣是描寫故鄉八卦山脈，王白淵的詩作裡盡是春意欣然，蝴蝶翔飛的場景，一片怡然的心境：

　　　讓微風飄盪秋的波浪／春神的體香送予逝去的
　時光──〈水邊〉
　　　你青色的血液浪擊我的胸懷／追趕春風的悸動
　訴說我的心坎──〈田野的雜草〉
　　　溶化一切的命運於沈默的熔爐／昂然闊步宇宙
　的大氣──〈梟〉
　　　微風澆語森林的微笑／田野含笑花草的喜悅─
　─〈雨後〉
　　　歡喜湧現／青春的胸懷／生命之花開滿生命的
　曠野──〈失題〉
　　　無盡蒼穹看不到頂／大地渾厚不知多深／白雲
　紛飛／蝴蝶嬉遊──〈春野〉
　　　雨停止之際／風靜止時分／看吧！／東天掛著
　五色橋──〈看吧！〉
　　　遠方的山巒抬起惺忪的臉／五月涼風恣意吹來
　／光輝普照靜──謐的春晨──〈春晨〉

似晨又似黃昏之際／是故鄉村郊的夕景／中央
山脈比夢還淡／濁水溪流貫永遠──〈晚春〉❺⓪

　　靜謐的鄉村，生機盎然的春意，不完全來自於現實的家
鄉實景，而是來自於生命寧靜的體會，如〈給春天〉一詩：
「花落在微風中／無我──無汝／只有亙古自然起伏的聲音高
亢」，❺① 是人與自然相容相合的境界。因此，同樣被囚禁於牢
獄之中，王白淵沒有獄中詩這類怨尤的作品，應該是這種心
靈教養的昇華。

　　翁鬧的作品大都完成於1935-1936年間，二十八、九歲的
時候，王白淵的《棘の道》則早於翁鬧十年，完成於1925-
1930年，當他二十四至二十九歲之間。翁鬧的〈故鄉的山丘〉
以尋常的家鄉景物透視生死，王白淵則有兩首作品可資比
對，且引人沈思，第一首是〈死亡樂園〉，從星沉於胸中的小
池，雨落入大地的懷抱，人人已知的大自然現象，歸結出
「有限紛紛溶解／落入無限的潮水／生命悠然上路／──從死
亡樂園」，❺② 透露出死亡不可懼，生命要從這裡悠然出發。第
二首是〈二彎流水〉，則以家鄉「二水匯流為一」的自然景
象，體悟到生命統攝的能力，達至二元歸於一元的圓融之
境。原來生命的永恆，是因為「靈魂與肉體奉侍同一個神」。❺③

❺⓪ 陳才崑編譯：《王白淵・荊棘的道路》卷一：詩集，頁1-130。
❺① 王白淵：〈給春天〉，陳才崑編譯：《王白淵・荊棘的道路》，頁69。
❺② 王白淵：〈死亡樂園〉，陳才崑編譯：《王白淵・荊棘的道路》，頁64-
　　65。
❺③ 王白淵：〈二彎流水〉，陳才崑編譯：《王白淵・荊棘的道路》，頁
　　110-111。

重要代表作有《荊棘的道路》（詩集）、《台灣美術運動史》
和其他關於台灣文化藝術的評論多篇。❹

曾於1932年與王白淵等人在日本東京組織「台灣藝術研
究會」，並發刊文藝雜誌《福爾摩沙》的前輩作家巫永福，他
曾緬懷王白淵：「其間他雖曾坐牢，卻始終不改其人道主
義，改革社會的意念，憂心祖國與台灣的命運，雖不富有卻
非常平易樂於助人，不論是什麼樣人他都會關懷地與之會
談，想辦法替他解決問題。」❹這是對王白淵人格的敘論，何
等宅心仁厚。前輩作家王昶雄則認為王白淵是「台灣文化運
動的鬥士」，也是一位「浪漫主義者」，❹二者的結合會使王
白淵的新詩成就異於其他八卦山詩人群。為其編譯《王白
淵·荊棘的道路》的同鄉晚輩陳才崑，認為可將王白淵詩作
六十六首依內容分為四大類：藝術理念類、心思剖懷類、田
園抒情類、政治意識類，❹依這四大範疇來看，已足以見其
涉獵之廣、寫作之豐。如果將這本台灣最早三冊日文新詩集
之一的《棘の道》，與台灣第一本（漢文）新詩集、以愛情詩
為主調的《亂都之戀》❹相較，更見其寫作胸懷的軒敞，格

❹ 陳才崑：〈王白淵簡介〉，〈王白淵生平·著作簡表〉，陳才崑編譯：
《王白淵·荊棘的道路》，彰化：彰化縣立文化中心，1995，書前頁及
頁418-439。

❹ 巫永福：〈緬懷王白淵〉，陳才崑編譯：《王白淵·荊棘的道路》，頁
386。此文原載於《民眾日報·副刊》，1985年3月20日。

❹ 王昶雄：〈『王』姓儒生·『白』色遭遇·『淵』底生涯〉，陳才崑編
譯：《王白淵·荊棘的道路》，頁400。

❹ 陳才崑：〈《王白淵·荊棘的道路》導讀〉，陳才崑編譯：《王白淵·
荊棘的道路》，書前頁。

❹ 張我軍：《亂都之戀》，台北：自費出版，1925年12月。

　　賴和與翁鬧，以小說、不以新詩爲台灣文壇所重視，但新詩成就令人印象深刻；王白淵小說只得一篇，新詩產量則有66首，高於賴（11首）❺❹、翁（6首）多達六倍、十一倍。其創作時代約與賴和同時，而稍早於翁鬧，但其技巧純熟則又超乎二人之上，茲舉〈四季〉爲例，證之如下：

　　昇起的炊煙——
　　不——是飄逸的光芒
　　爭妍的田野雜草
　　噢！是春天的早晨

　　灑落的水銀——
　　不——是小樹蔭的滴水
　　茂盛的龍眼林
　　噢！夏日的白天

　　飛逝的蝴蝶——
　　不——是仰慕大地的樹葉
　　掠空無言的飛鳥
　　噢！秋天的黃昏

　　照耀地面不可思議的月亮——
　　不——是霧中農村的燈火

❺❹ 據明潭版《賴和先生全集》，全書收入賴和生前發表的新詩作品共11首。

隨風搖曳堤岸的枯林
噢！冬天的深夜 ㉟

　　時間感的點明，是日文詩常有的特色；四季的演替，時
序的推進，古今詩人所常用；四季，意象分明（爭妍、茂
盛、無言、枯木），一般詩讀者也已熟悉。最特出的地方是各
節首二行意象虛實互疑（是昇起的炊煙？還是飄逸的光芒？）
互喻（飛逝的蝴蝶有如仰慕大地的樹葉，仰慕大地的樹葉有
如飛逝的蝴蝶），令人驚喜，因此引導讀者進入另一番新境
界；而各節之間的首二行意象，卻又採取虛實互換（昇起的
炊煙是實，飄逸的光芒爲虛；小樹蔭的滴水是實，灑落的水
銀爲虛），更令人驚疑莫定，如眞似幻。

　　曹開對自己所開創、推廣的數學詩，極爲得意，但如果
他知道1930年之前，王白淵未經牢獄之災，即已寫出〈零〉
的體悟，說不定會有落後二十年、三十年的感嘆，更激起超
越前賢的鬥志。王白淵的〈零〉，㊱ 從外型開始讚嘆（曲線玲
瓏，無懈可擊），接著進入「無而非無」、「是神是魔」的哲
理思考，一方面以佛老思想的空無境界相比擬，一方面卻以
同志的情慾相戲謔，遊走在有與無、聖與凡之間，進入無限
大的思考世界，首開「數學哲學詩」的先鋒，爲八卦山蘊藏
的新詩能量，提供新的論據。

　　同樣是面對人生的無常、時代社會的苦悶，台灣遭人驅
使的命運，王白淵何以能有這樣的眼界與胸懷，淋漓其情，

㉟ 王白淵：〈四季〉，陳才崑編譯：《王白淵・荊棘的道路》，頁86-87。

㊱ 王白淵：〈零〉，陳才崑編譯：《王白淵・荊棘的道路》，頁10-11。

宣暢其思？陳才崑認爲：「王氏在精神心靈方面，似乎從朵斯多耶夫斯基、柏格遜的著作，乃至於《優婆泥沙土》（印度《奧義書》）的哲理和泰戈爾的藝術中，獲得了救贖、解脫、超越，從而瞥見了生命昇華的希望、人生的意義，於是發酵成這六十幾首既藝術又宗教、哲學的詩篇來。」❺這是走出八卦山坳的王白淵，因而更像二水隆起的龍山頭，一躍而爲八卦山詩人群的龍頭詩人。

第五節　結語：新詩地理與新詩能量

司馬遷曾強調思想家、藝術家的終極理想是「究天人之際，通古今之變，成一家之言」，其中「究天人之際」的追求過程正符合現代地理學的研究，所謂「天」，就是「自然地理學」研究的內涵；所謂「人」，則是「人文地理學」研究的客體。若以這樣的觀點來看，「究天人之際」，所究者正是從天到人完整的地理學。

日本地誌研究家辻原康夫認爲：即使是一個地名「很可能就是人類生活過程中所遺留下最重要的無形文化遺產之一。」他說：「探索地名的起源，總可發現地名和當地歷史與風土，乃至於神話、傳說、信仰、語言、經濟活動，甚至天文、氣象、地質、植物生物等自然科學，都有密不可分的關係。」❺日本另一位地理學者宮崎正勝也認爲：「地名因

---

❺ 陳才崑：〈《王白淵・荊棘的道路》導讀〉，陳才崑編譯：《王白淵・荊棘的道路》，書前頁。

❺ 日本辻原康夫：〈地名是歷史與風土的最佳「文化遺產」〉，辻原康夫著、蕭志強譯《從地名看歷史》，台北：世潮出版公司，2005，頁3。

為保存了隨時都在變化的地表舊貌，因此被稱為『歷史的化石』。」「若是能將『歷史』與『地理』接合，不但能使歷史的形象變得更清晰、也更容易建立過去與現代的連結。」❺⓪這兩位地理學者都認為龐大的地理學知識可以凝縮在簡易的「地名」內，企圖以簡易的「地名」變動去解釋歷史的長遠發展。再從這個基礎回頭看司馬遷的「通古今之變」，緊接在「究天人之際」之後，彷彿也有從地理可以追索歷史的意思，唯有如此，才真能「成一家之言」。

　　所以，以地追人，以八卦山追索彰化新詩人，儼然是新詩史學的研究途徑之一。從八卦山地形、地勢的演化，聚落、社區的演變，探討詩人風格的形成與差異，因而探知賴和之所以躍登台灣「新文學之父」的領導地位，正因為他住居在都市發展逐漸成形的彰化市，隨時可以邁步登上海拔100m的北八卦山，俯瞰居民生活作息，現實主義所要關懷的土地與人民，就在腳下，就在眼前，悲天憫人之心油然而生，日本殖民統治之下，賴和的新詩成就因為他的抗議精神而特別突出，地理因素是不可忽略的一環。至於翁鬧與曹開所在的中八卦山腳，正是八卦山台地東西寬度最窄之處，坡度平緩，既非山勢險惡之處，也非兵家必爭之地，翁鬧與曹開的舊家都是同宗家族聚居的所在（朝興翁厝、東山曹厝），人丁旺盛，因此當他們登臨八卦山台地，既乏山水之勝，也無生民之憂；再加上翁鬧的東瀛之旅，曹開的黑牢之災，都在他們青春期剛剛綻放之時即已罩臨，他們的人生太早染上異質

❺⓪ 日本宮崎正勝：〈世界使與地理的接合〉，宮崎正勝、林鍵鱗譯《從地圖與地名看世界歷史》，台北：世潮出版公司，2006，頁10。

色彩，異時異地的兩位詩人卻選擇同往哲理詩上伸觸，這是個性、處境與地理環境所造致。

八卦山最南端的田中、二水地區，是整座山脈最早發生的斷層，隆起最早也最高，因而發展出褶皺→斷層→侵蝕三個階段，地形變化最大。尤其是二水地區所在之處是八卦山脈東南端的龍頭山，海拔400公尺，濁水溪從南投名間鄉橫切而來，形成陡峭斷崖，如此險峻的所在，既有彰化縣境最高聳的八卦山脈龍頭山，南北又以二水斷崖、名間斷崖與雲林縣、田中鎮相對望，滾滾濁水溪環繞鄉境南側奔流而西，高山急水之旁卻又鋪展出廣闊的沖積扇平原，人工開鑿的八堡一圳緩緩流經門口，王白淵的美學心靈於焉薰陶完成，開展出日制時代壯美兼優美的新詩佳作。

八卦山特殊的地理形勢，蘊育了不同的新詩能量，可以為彰化地區繪製出象徵三種類型的新詩風格，正足以顯示八卦山地靈人傑，新詩創作能量相當豐富，可以為台灣新詩地理學奠立良好的基礎與規模。

參考文獻

引用書目（依作者姓名筆劃序）

王白淵著，陳才崑編譯：《王白淵‧荊棘的道路》，彰化：彰化縣立文化中心，1995。

吳成偉：《八卦山台地——傳統聚落與人文產業》，彰化：彰化縣文化局，2003。

呂興昌編：《獄中幻思錄——曹開新詩作品集》，彰化：彰化縣立文化中心，1997。

李篤恭編：《磺溪一完人——賴和先生百年紀念文集》，台北：前衛出版社。

周璽：《彰化縣誌》，彰化：彰化縣文獻委員會，1969。

翁鬧著，陳藻香‧許俊雅編譯：《翁鬧作品選集》，彰化：彰化縣立文化中心，1997。

張我軍：《亂都之戀》，台北：自費出版，1925。

楊守愚：《楊守愚作品選集》，彰化：彰化縣立文化中心，1995。

盧太福‧黃愛：《八卦山脈的演化》，彰化：彰化縣立文化中心，1996。

賴和：《賴和先生全集》，台北：明潭出版社，1979。

賴和：《賴和全集‧新詩散文卷》，台北：前衛出版社，2000。

賴盟騏：《八卦山的故事》，彰化：彰化縣立文化中心，1996。

引用譯著

宮崎正勝著、林鍵鱗譯：《從地圖與地名看世界歷史》，台北：世潮出版公司，2006。

辻原康夫著、蕭志強譯：《從地名看歷史》，台北：世潮出版公司，2005。

引用篇章

宋田水：〈曹開和他的數學詩〉，《聯合報‧副刊》，1997 年 10 月
25 日。

宋田水：〈一成名就成鬼〉，《台灣日報‧台灣副刊》，1998 年 11 月
27 日。

 八堡圳：拓寬台灣的新詩天地
——彰化詩學的在地性格與闖蕩意志

第一節　緒言：土地與人性

　　彰化，因為八卦山脈據守其東，彰化平原綿延其腹，台灣海峽坦陳於前，因而具有山嶺丘壑堅毅的性格，平疇田野寬厚的氣質，海岸浪濤掀天的聲勢。這樣的性格、氣質、聲勢，顯現在彰化子民先天的個性裡，也反映在彰化子民後天創作的文學中。

　　常言道：「沒有土地，哪有文學？」其實還有人說：「沒有人性，哪有文學？」土地與人性，是文學最主要的兩大源頭，人生不可或缺的生命養分。如果將土地與人性結合，不同的區域文學特質就可能顯現出來。以台灣而言，北部的文學特質顯然異於南部的豪放，客家山區的文學風格當然會與平原的河洛詩人不同，蘭嶼達悟族的夏曼・藍波安的海洋經驗，與一九四九年來台的將軍詩人汪啟疆的海軍性格，我們很容易就可以辨識出來。這就是不同的區域文學、不同的人格氣質，所營造出來的區域特性與個人風格。

　　如果將土地與人性結合，不同的區域文學特質就可能顯現出來。這種土地與人性的結合就是「在地性格」的呈現。

　　本文試圖以彰化縣境偏中南區域的田疇鄉野，曾經出現的詩作、詩人，包括賴和、林亨泰、吳晟、詹澈，加以觀察、探索，找出文學裡北斗、溪州、二林、芳苑的「在地性

格」，以小觀大，藉以了解彰化詩學中人與土地如何緊密結合。

第二節　熱切的人道關懷

作爲現實主義大纛的掌旗者，享有「台灣新文學之父」美譽的彰化詩人賴和（賴河，1894-1943），率先顯現彰化文學的在地性格，其影響巨大而深遠。

賴和，彰化市人，原名「河」，亦名「葵河」，字「懶雲」，另有筆名：賴季和、甫三、安都生、玄、浪、灰、Ｘ、Ｔ、孔乙己、藝民、走街先（走街仔先）等十一、二種。清光緒二十年（西元一八九四年）四月二十五日出生，一九四三年一月三十一日辭世，享年五十。賴和生卒年代和日本治台時間大致相符，終其一生都有「我生不幸爲俘囚」的感嘆，因而藉由「台灣文化協會」的組織力量，以強烈的民族意識，展開社會運動與台灣新文學運動。賴和，台灣新文學的開拓者，也是台灣鄉土文學的先驅，爲台灣新文學「打下第一鋤，撒下第一粒種籽」，林瑞明（1950-）在他的《台灣文學與時代精神——賴和研究論集》中，強調：「賴和的作品是由現實出發，透過寫實主義與藝術的觀照，深刻表現日據下台灣殖民地的眾生相，尤其是一群被壓迫的弱者，從而強烈地表現了『我值強權妄肆威』的時代，也傳達了『被侮辱人勝利基』的訊息。」❶「勇士當爲義鬥爭」，正是他描寫受壓迫的台灣農民、凸顯日本政權不義的抗日精神的最佳註腳。

---

❶ 林瑞明（1950-）：《台灣文學與時代精神——賴和研究論集》，台北：允晨文化公司，1993年8月，頁100。

　　賴和的第一首新詩：〈覺悟下的犧牲——寄二林的同志〉，爲農民、爲土地而寫。這首詩指陳日本殖民統治下的台灣蔗農，受到無情的壓榨剝削，無論怎樣哀告苦求，怎樣汗盡血枯，所得到的永遠是「橫逆、摧殘、壓迫」，「嘲笑、譏罵、詰責」，絕不可能有「慈善同情」與「憐憫恩賜」。但是作爲弱者如果永遠屈服於惡勢力之下，只會受到更惡劣的迫害，陷入更悲慘的命運，所以他藉著二林蔗農事件，鼓舞弱者的鬥志，歌頌弱者的覺醒，不可屈服，不能哀求，唯有奮身而起，才有絕處逢生的可能。

（一）

覺悟下的犧牲，
覺悟地提供了犧牲，
唉，這是多麼難能！
他們誠實的接受，
使這不用酬報的犧牲，
轉得有多大的光榮！

（二）

弱者的哀求，
所得到的賞賜，
只是橫逆、摧殘、壓迫，
弱者的勞力，

所得到的報酬，
就是嘲笑、謫罵、詰責。

（三）

使我們汗有得流，
使我們血有處滴，
這就是說——強者們！
慈善同情的發露，
憐憫惠賜的恩澤。
……

（九）

唉，覺悟的犧牲！
覺悟地提供了犧牲，
我的弱者的鬥士們，
這是多麼難能！
這是多麼地光榮！❷

　　二林蔗農事件的歷史背景，先是「林本源製糖會社」在台中州北斗郡溪州庄設置「溪州製糖廠」，勾結總督府，以強

---

❷〈覺悟下的犧牲——寄二林的同志〉，作於一九二五年十月二十三日，刊載於一九二五年十二月二十日《台灣民報》八十四號。選自《賴和全集・新詩散文卷》，台北：前衛出版社，2000年6月，頁76-80。

權作為後盾，強行蒐購、霸佔蔗農土地，後來又壓制甘蔗價格，使蔗農收益不敷成本，引起二林地區蔗農不滿，從一九二三年開始多次向會社要求提高甘蔗收購價格未果，一九二五年成立「二林蔗農組合」，指出製糖會社的橫暴制度：任意秤量農民所繳納的甘蔗重量，任意決定農民收成的甘蔗等級及價格，任意決定農民耕作、施肥的數量、價格，不許蔗農有異議。因而於同年十月召開會議，提出三點要求：一是蔗農保有選擇施肥方法與購買肥料的自由，二是蔗農有權參與瞭解繳納甘蔗時的秤量方法，三是製糖會社必須在甘蔗收成之前決定收買價格。這時，會社態度反而轉趨蠻橫，於十月二十一日協同派出所巡查帶著苦力強行割取甘蔗，蔗農組合員以會社尚未發表收購價格，拒絕採取，第二天，遠藤巡官率警官、特務、會社員、苦力等大批人馬強行割取，揮刀揚威，引發巨大衝突。十月二十三日凌晨北斗郡召集警察百餘人，馳赴二林、沙山（芳苑）兩庄，搜捕農民及蔗農組合幹部八、九十名，予以嚴刑銬問，凌辱毒打，其中被判刑者三十九人，分別懲處一年至四個月的徒刑。

　　賴和在事件發生的第一天，以自己從未創作的新詩體，寫下了這首〈覺悟下的犧牲〉，其中第二節、第三節以「反語」對照「弱者」（台灣農民）與「強者」（殖民政府）：「弱者的哀求，／所得到的賞賜，／只是橫逆、摧殘、壓迫，／弱者的勞力，／所得到的報酬，／只是嘲笑、謫罵、詰責。」「使我們汗有所流，／使我們血有處滴，／這就是──強者們／慈善同情的發露，／憐憫惠賜的恩澤！」詩中的「反語」具有嘲諷的效果，更能激起同仇敵愾的反應。強者「賞賜」

的應該是金銀財寶,結果卻是橫逆、摧殘、壓迫;弱者得到的「報酬」應該是生活資材,結果卻是嘲笑、謫罵、詰責。「強者的慈善同情、憐憫惠賜」,反使弱者流汗、滴血,而且說是「汗有所流,血有處滴」。這種錯愕的境遇,血淚的控訴,就是賴和寫實文學的「反語」所顯現的力量,透露出彰化文學強悍的抗議精神,強悍的的在地性格,當然也顯現了賴和的人道主義關懷,爲鄉親所付出的焦急情義,讓世人看見彰化人勇於闖蕩的意志,要爲自己、爲後代子孫殺出一條生路!

　　這首詩的發生地,包含今日溪州與溪州以西的二林、芳苑,當時的「林本源製糖會社」所屬的「溪州製糖廠」在台中州北斗郡的溪州,「二林蔗農組合」所屬的區域是今天的二林、芳苑地區,寫詩的賴和則是彰化市仔尾人,他所應用的文類是當時才新興不久的新詩體,這時距離台灣第一首新詩——彰化芳苑詩人追風(原名謝春木,1902-1969)所寫的〈詩的模仿〉,不過是一年八個月而已。❸ 賴和急於將台灣人

---

❸ 追風(謝春木,1902-1969):〈詩的模仿〉,原載於一九二四年四月十日《台灣》第五年第一號上,寫於一九二三年五月二十二日。康原認爲,謝春木在二林蔗農事件中,也扮演著抗日的重要角色:「當時有一群留學日本的台灣學生,於一九二〇年在東京創辦了《台灣青年》,刊物也流入了台北師範學校的宿舍,在日人統治下的台灣學生,都偷偷的閱讀這本雜誌,謝春木也受到《台灣青年》影響;而謝春木的同學盧丙丁、蔡模生,以及醫學校的李應章、吳海水……等人也深受《台灣青年》這本雜誌的影響,這些人日後都成爲台灣文化協會與台灣民眾黨的成員,李應章、謝春木並在二林蔗農事件中,扮演著抗日的重要角色。」見康原:〈芳苑才子——謝春木〉,吳晟主編:《彰化縣文學家的故事》,彰化:彰化縣文化局,2004,頁67。

民的苦痛寫進新詩中，將新詩的輝煌帶進歷史的長廊裡，這種亦詩亦歷史的寫實精神，高亢高質地的對抗情懷，因而成爲台灣新詩的重要特質與象徵。

第三節　寬厚的平和心境

如果說賴和爲台灣新詩找到真正的精神所在，爲台灣新詩的靈魂確立精準的方向，那麼，北斗詩人林亨泰（1924-）的努力，則是爲台灣新詩撐起適切的骨架。

爲林亨泰編選全集的呂興昌教授（1945-），對林亨泰推崇備至：「林亨泰之『起於批判──走過現代──定位本土』的創作歷程，正是台灣新詩發展的一個典型縮影。」❹ 將林亨泰一生的奮鬥歷程疊合了台灣新詩近五十年的發達歷史，評價極高。這種任務型的三階段分法，是將林亨泰「銀鈴會」（1942-1949）時期的「批判」，視爲現實主義精神的展現，「現代派」時期（1953-1964）的「現代」則當作是以現實題材爲其內容，堅持透過現代主義手法、知性思考、形銷骨立的語言策略，給出現實中的真實，現實中的本質，用以支應現實中千變萬化的各種現象，用以傳遞歷經百代千世而依然是「真」的現實；最後則以一九六四年以後「笠詩社」時期的「本土」，作爲林亨泰現實主義的重要內涵。因而，一九九二年「榮後台灣詩獎」對林亨泰的得獎，有著這樣的讚辭：

❹ 呂興昌（1945-）：〈走向自主性的時代〉、〈林亨泰四〇年代新詩研究〉，均收入《林亨泰研究資料彙編》下冊，彰化：彰化縣立文化中心，1994年6月，頁365-376，頁378-446。此一引言分別見於頁366、379。

「他真摯地站在現實基礎上,並堅持知性視野,呈現了獨特的形象,堪稱台灣戰後詩現實主義者的典範。」❺

　　林亨泰,彰化北斗人,一九二四年十二月十一日出生,台灣師範大學教育系畢業,一九五○年應聘在北斗中學任教三年,其後轉至彰化高工任教,直至一九七四年退休,再應聘為中部各大學日文教授。林亨泰在一九四七年參加「銀鈴會」,對於台灣文學的未來充滿信心,可惜受到語言轉換、思想箝制的打擊,沈寂一段時日。一九五六年參與紀弦所領導的「現代派運動」,提出「主知的優位性」、「方法論的重要性」,對於台灣詩壇有著決定性的影響。一九六四年與台灣本土派詩人組成「笠詩社」,在他執編《笠詩刊》期間,曾企圖為本土精神與前衛思潮尋找平衡點。如〈農舍〉一詩,即以文字的安置所形成的圖象效果,傳達彰化地區農村的安詳寧靜,農民的恬淡心境,這是最直接的在地性格之展現,農民敬天敬神的虔誠,坦開大門接納外人的坦蕩,都在這首圖象詩中一覽無遺。這種圖象詩的經營,在五○年代是一種極富實驗精神的前衛作風,繪製的卻是最為鄉土凡常的農舍景觀。林亨泰的本土情與國際觀,早就為台灣新詩開啓了明淨開闊的視窗,這就是在地性格的顯現與闊蕩意志的實驗,如果欠缺在地性,看不出彰化的特殊性;如果欠缺闊蕩性,走不出彰化的區域性。林亨泰肯認在地性格,也勇於闊蕩新詩創作的競技場。

❺ 林亨泰於一九九二年十月榮獲第二屆「榮後台灣詩獎」,此為詩獎讚辭,收入《林亨泰研究資料彙編》下冊,頁377。

〈農舍〉

門
被打開著的

正廳
被打開著的

神明
門❻
被打開著的

　　林亨泰最爲膾炙人口的經典作品則是〈風景〉，整首詩所呈現的風景是北斗到二林、芳苑海邊的景致，〈NO.1〉是北斗、埤頭的農田景象，〈NO.2〉是沿斗苑路西行之後，二林、芳苑海邊防風林的景觀。這一組詩仍然有著圖象詩的圖象效果，如每首詩的第一段，圖象出農作物與防風林綿延無盡的感覺，其中的留空處，彷彿農作物與農作物、木麻黃與木麻黃間，光影的閃爍。這兩組詩還採取重複的語式，以聲韻的複沓效果造成空間的無限疊景，以「還有」的未盡語意，延伸視覺與心覺的無限餘韻。

　　不同的是，〈NO.1〉的「旁邊」的「農作物」仍然在視野之內，〈NO.2〉的「外邊」的「海以及波的羅列」則已在視野之外，加上了想像的空間。〈NO.1〉的「耳朵」，有擬人化的「拉拔」作用，〈NO.2〉的「羅列」二字有著「雙聲」的聲韻之美，又能跟「防風林」的「林」再生「雙聲」的諧和音效，「還有」的「還」則一再呼應著「海」，彷彿遙遠的浪濤聲隱隱不斷。詩的聲與色之美，兼顧周全；詩的視象與心象之美，兼顧周全；北斗、二林在地的陸與海之美，兼顧周全；農業與漁業的靜與動之美，兼顧周全。

---

❻ 林亨泰：〈農舍〉，《林亨泰全集》第二冊（彰化：彰化縣立文化中心，1998年9月），頁48。此詩原載《野火詩刊》第三期，1962年8月。

〈風景NO.1〉

農作物　的
旁邊　還有
農作物　的
旁邊　還有
農作物　的
旁邊　還有

陽光陽光曬長了耳朵
陽光陽光曬長了脖子

〈風景NO.2〉

防風林　的
外邊　還有
防風林　的
外邊　還有
防風林　的
外邊　還有

然而海　以及波的羅列
然而海　以及波的羅列 ❼

---

❼〈風景〉，《林亨泰全集》第二冊，彰化：彰化縣立文化中心，1998年
9月，頁126-127。此詩原載《創世紀》12期，1959年10月。

這時的在地性格，表現在農民的敦厚與豁達，也表現在詩人以簡御繁的技巧探索。〈風景〉一、二則，各用四十二個字，其實都只呈現三個名詞（農作物、陽光、耳朵，防風林、海、波），一首最單純的即景之作，一幅數大就是美的巨幅圖畫，一件極簡淨的地景藝術，也不過是極目所見而已。全詩八十四字，只有「曬」與「羅列」是真正的動詞（多麼安靜的動詞），顯示彰化農民靜純的心思，平和的心境，純任萬物自生自長的道家情懷。

第四節　紮實的植根意識

如果以人體來譬喻彰化新詩，林亨泰的努力為台灣新詩樹立了骨架，賴和則是肉體尚未成形之前早已飄動的靈魂，溪州詩人吳晟與詹澈，卻是生肌活肉，為本地新詩帶來可以發出力量的肌肉，至乎血液，則是王白淵、曹開等藝術心靈啟蒙後也已開始流動，彰化新詩體軀因而趨於完善。

吳晟與詹澈都是出生於彰化溪州的詩人，吳晟出生於一九四四年，詹澈則晚生十年，但他們兩位卻都畢業於屏東農專，在農技上學有專長，他們的詩作也因此都專注於農人、農事、農村、農田、農運，造就台灣新詩中最傑出的憫農詩篇。

吳晟（1944-），本名吳勝雄，彰化溪州人，長年住居家鄉，未嘗遠離。曾擔任溪州國中生物教師二、三十年，耕耘溪州三甲農田四、五十年，吳晟與溪州結了不解之緣。如今，雖因年歲漸大，體力稍衰，不再實際翻土除草，但卻朝

著「平地造林」的理想邁進，將自己的可耕之田遍植林木，落實詩中一再宣揚的植根意識。

吳晟的鄉土詩，看他的詩集名稱《吾鄉印象》，會以為是為溪州鄉而寫，其實循線探索，找不到溪州專有的地方色彩。他的詩不只是一鄉一村、地區主義、地方色彩的鄉土詩而已；他的詩不是表現在鄉土「地表上」風景的優美，山川的壯麗；他的詩，不在描繪鄉土的可愛，土地的美。唯有扎根土地、捍衛土地的使命感，才真是吳晟「土地詩」的真精神。李漢偉在《台灣新詩的三種關懷》裡「鄉土議題」的現實關懷中，以大量篇幅討論吳晟的作品，他認為台灣新詩的「土地」之愛，有三個特色：其一是展現儉樸勤奮的耕作精神，其二是展現眷戀土地的深深之情，其三是展現認同的扎根意識。❽這三個特色，其實就是吳晟詩作的精神所在。我們從〈土〉這首詩的首段與末段，可以看出吳晟扎根土地，永不離棄的決志：生，赤膊赤足為土地奮鬥犧牲；死，心甘情願與土地結合為一。

> 赤膊，無關乎瀟灑
> 赤足，無關乎詩意
> 至於揮汗吟哦自己的吟哦
> 詠嘆自己的詠嘆
> 無關乎閒愁逸致，更無關乎
> 走進不走進歷史

❽ 李漢偉：《台灣新詩的三種關懷》，台北：駱駝出版社，1997年，頁102。

......

不掛刀、不佩劍

也不談經論道說賢話聖

安安分分握鋤荷犁的行程

有一天，被迫停下來

也願躺成一大片

寬厚的土地 ❾

「土」是唯一的宗教，唯一的信仰。我把吳晟的這種執著
與信仰，稱之為「唯土史觀」，除卻「土」，再無一物。

「土」，在傳統文學中稱之為「后土」，可以跟「皇天」相
對。「土」，在西洋文學中一樣是「萬物之母」，是萬物之所
從出的地方。「土」與「母親」的意象，在吳晟的詩文中佔
著極重要的份量。

吳晟的鄉土風格、憫農精神、寫實作風、勞動美學，已
經成為台灣新詩的特殊景觀。吳晟之於溪州，猶如鍾理和之
於美濃，詩人與土地永遠連結成一氣，不可二分。因此，二
○○二年彰化縣政府頒贈「磺溪文學獎成就獎」給吳晟，蕭
蕭代擬以下的〈讚辭〉，為溪州這塊土地所孕育的詩人，為詩
人所寫的溪州土地所湧現的真愛，留下見證：

悲農人，憫農事，繫農物，傳農情，

領人道主義之大纛；堪稱新詩界的榮光，散文

---

❾ 吳晟〈土〉，《吳晟詩選》，台北：洪範書店，2000 年 5 月，頁 109-
111。

家的典範。

記鄉人，寫鄉事，歌鄉物，詠鄉情，
總鄉土文學之大成；正是彰化人的驕傲，台灣
島的楷模。

甚至於〈晚年冥想〉❿系列作品，探索生命的終結與延續，林明德曾借用美國學者李奧帕德（Aldo Leopold， 1887-1943）《沙郡年記》（A Sand Country Almanac）的「土地倫理」觀點，認為：「生命的歸宿，也是大地公民的夢想，更是土地倫理的實踐。」⓫所謂「土地倫理」，「是一種環境哲學，其核心是『土地社群』（Land-community）的概念，即土地（或自然）是由人類與其他動物、植物、土壤、水共／共同組成的，人類只是社群中的一個成員，必須與其他成員互賴共生。」⓬吳晟晚年這一系列作品，表現詩人面對土地的謙卑，傳達詩人與土地結合的意念，以及土地之愛與生命之愛相互結合而傳承的理想期盼。

〈落葉〉一詩可以作為這種理念的實踐：

赫然發現，枯枝

❿ 吳晟：〈晚年冥想〉組詩，《聯合文學》第246期（2005年4月），頁62-73。

⓫ 林明德：〈鄉間子弟鄉間老〉，國立彰化師大國文學系《國文學誌》第10期（2005年6月），頁27。

⓬ 林明德：〈鄉間子弟鄉間老〉，《國文學誌》第10期（2005年6月），頁17。

是新芽萌發的預告
每一片落葉，輕易鬆手
都是為了讓位給新生

如同逐年老去的我
在每一張童稚的面容
煥發的青春裡
找到生命延續的歡欣 ⓭

　　從土地中成長的樹與落葉、落葉與樹的生命歷程，想到
老年人看見青春面容的歡欣，都因為詩人找到生命的延續。
吳晟之女吳音寧在這首組詩發表時，以「側記」之名，在
《聯合文學》同步刊登〈在土地裡長出一棵樹〉，她也認為：
「吳老師這一系列和死亡有關的詩作，在健朗年紀便敢以令人
吃驚的寫實風格寫出，和他農村的根抵脫不了關係；土地多
少平衡穩定人類畏懼死亡的心──別忘了人類也不過是動物一
種。」⓮ 儼然有著與李奧帕德相似的「土地倫理」觀點，此
亦暗示吳晟的土地與生命之愛找到了延續的歡欣，彰化文學
綿綿不絕、傳承不已的另一見證。

　　溪州的土地不知是否特別黏人，是否特別容易出產眷戀
土地的詩人？吳晟之女如此，吳晟出生後的十年，溪州又誕
生了一位詩人，一樣為土地吶喊，為農民請命，甚至於比吳

⓭ 吳晟：〈落葉〉，《聯合文學》第 246 期，頁 69。
⓮ 吳音寧：〈在土地裡長出一棵樹〉，《聯合文學》第 246 期，頁 69-
　　70。

晟的詩更口語、更直接、更犀利、更激情：

　　土地，親愛的土地，
　　如果你是農民的母親，
　　請告訴我們：
　　如何？！
　　我們才能與你相依為命？！
　　才不必去外地打工？！

　　土地，請站起來告訴我們，
　　只有我們農民落魄到這款地步嗎？！
　　還是全世界的都這樣子？！
　　土地，請站起來和樓房比比高低，
　　請站起來說話呀！
　　請向上天質問，
　　農民，是不是大地上，
　　最原始，最悲慘的人群？！ ❺

　　這是詹澈。蔣勳說「沒有火熱積極的生活，絕不會有詹澈的詩。」❻ 我則稱之為「紅色的激情，綠色的吶喊」，這種即知即行的農民性格，將會影響詹澈一生的行事與行文。

　　詹澈（詹朝立，1954-），出生於彰化縣溪州鄉溪畔村，

❺ 詹澈：〈土地，請站起來說話〉，詹澈：《土地請站起來說話》，台北：遠流出版公司，1983年，頁122-123。
❻ 蔣勳：〈序詹澈詩集〉，詹澈：《土地請站起來說話》，頁8。

一九五九年因八七水災沖毀家園，舉家移墾台東。省立屏東農專農藝科畢業。一九七九年後定居台東，服務於農會，長期與農民第一線接觸，並親自從事農耕。是台灣農運發起人，台灣農盟副主席，現在是農漁民自救會辦公室主任。二○○二年曾發起「與農共生」農漁民自救大遊行，號召十二萬農漁民參與，擔任現場總指揮，為台灣有史以來最大型的抗議活動之一。寫作詩，實踐詩，救農業，救農民，詹澈的精力完全發揮在詩土與農土身上，是在地性格與闊蕩意志陽剛版的絕佳表現。

詹澈與吳晟，同為彰化溪州人、屏東農專校友、屏農校刊《南風》社員兼主編，他們也同樣是台灣真正下田的詩人，真正站在土地裡為農民的艱苦發出聲音的詩人。不同的是，吳晟擁有三甲田園，固守溪州，所寫的詩作在於安內攘外，所抒的情懷落實在親人、鄉人身上；詹澈是無產階級，童年時即已遠離故土，成年後以革命青年的身分遊走都市邊緣，壯年時回到東部承租土地耕作，中年後仍不改農運本色，為加入WTO之後的台灣廣大農民擔心。如果吳晟寫的是「本鄉」的「人」，那麼，詹澈寫的是「離鄉」的「人」。「本鄉」的「人」數字有限，「離鄉」的「人」的數字無限。詹澈關懷的對象逐日擴增中。

因此，在出版第二冊詩集《西瓜寮詩輯》時，詹澈曾反省自己跟吳晟從相同的溪州，如何走向不同的路線：「八○年代以後，台灣的城鄉變化很大，距離模糊，政經結構也迅速變幻。媒體、科技、電腦的普遍，用原有的語言和文字，於我而言，已難於勝任表達。縱然非客觀環境的影響，我們

也不會相同的。例如他（吳晟）長久居住的地方（也是我出生的地方），眼睛張開就是看到水稻，早晚聽的就是鄉親的語言，他一直都和母親住在保守的農村守著祖產。他是比較靜態的，比較有儒家色彩。但我不同，我童年就因八七水災離開了他住的村子，遷居更偏遠貧困但山海洶湧的台東，大概有三十年的時間，家人都過著無產階級的流動與勞動的生活，在那裡，從小和原住民阿美族混居，和工人、漁民、榮民相處，又到台北竄蕩一段時日，又參與農運，那樣的是以用長篇小說容納的經歷，要用詩的語言表達，困難度相當高，怎麼可能不在語言技巧上要求突破呢？」❼

結果是：「兩位新詩的苦吟者，卻像是同源於中央山脈的兩條河，分向兩邊各自入海」。❽

溪州的兩位詩人好像就此分道揚鑣了，其實他們展現了相同的「在地性格」，不同程度的「闖蕩意志」，那就是他們永遠在「行動中」，他們不僅以筆寫詩，也以鋤頭在大地寫詩；他們不僅以鋤頭在大地寫詩，也以鋤頭在都市拓展農人的希望。他們是台灣極少見的行動派詩人，方向不同，行動能力卻又相同，因為他們來自相同的地方，有著相同的植根意識，相同的「在地性格」。

第五節　結語：現實與實現

一九二五年十月二十三日，台灣發生第一次農民運動

---

❼ 詹澈：〈堡壘與夢土〉，《西瓜寮詩輯》自序，台北：元尊文化，1998，頁21-22。

❽ 同前註，頁22。

「二林事件」，賴和在第一時間寫下他的第一首新詩〈覺悟下的犧牲〉，直接反映殖民體制下製糖會社對蔗農的劫掠，開啓台灣「抗議文學」、「農民文學」的先聲。這一年冬天，賴和又以小說的形式發表〈一桿稱仔〉（這是賴和的第二篇小說），描述身爲佃農後代的秦得參，因爲製糖會社的強奪豪取，租不到農田，只好轉爲流徙的菜販，卻又因巡警索賄不成，作爲公義象徵的稱仔被折斷，秦得參莫名其妙判處拘役，遭到這樣不堪的羞辱，他只好抱著必死的覺悟，撲殺巡警，同歸於盡。一九二五年歲末的三個月，賴和分別以詩和小說的形式，嚴厲批判日本殖民體制對臺灣蔗農的經濟剝削，強烈指控日本警察對台灣百姓的冷酷行徑，鼓舞受欺凌的同胞，挺身對抗，賴和稱許這樣的抗議行爲叫做「覺悟」，即使有所犧牲，甚至於死亡，也在所不惜。

台南鹽分地帶文學家吳新榮醫師這樣推崇賴和：「賴和在臺灣，正如魯迅在中國、高爾基在蘇聯，任何權威都不能漠視其存在。」這種爲弱者伸張正義的人道主義者，對社會不公不義嚴加批判的社會運動家，對外族強權統治強烈抗議的民族主義者，顯現他熱誠的心，高遠的理想，劍及履及的態度，樹立了台灣文學高度的良知典範。

相對於賴和以文學與文化運動去對抗日本強權，林亨泰卻是以新的視野、新的智慧，去對抗庸俗，以平和的心境調和前衛思潮與鄉土關懷，平衡了對未來新知探索、對既成權威反抗的矛盾逆差，從北斗、溪州、二林、芳苑的土地上，看見詩的理想，實踐詩的理想。

溪州的吳晟與詹澈，站在同樣的土地上，同樣展現了對

鄉土的愛，對鄉親的情，同樣在現實的土地上，懸著高遠的
理想，熱切地即知即行，努力實現。這就是彰化的土地上，
詩人的現實與實現：熱切的人道關懷，寬厚的平和心境，紮
實的植根意識。一如八堡圳，從大自然的水流中擷取（學習）
生命的活水，均勻地瀰滿在彰化的土地深處，甦活了植物蓬
勃的生機，甦活了彰化人內心深處、詩的心靈。

參考文獻

引用書目（依作者姓名筆劃序）

吳　晟：《吳晟詩選》，台北：洪範書店，2000。

吳晟編：《彰化縣文學家的故事》，彰化：彰化縣文化局，2004。

呂興昌：《林亨泰研究資料彙編》，彰化：彰化縣立文化中心，1994。

李漢偉：《台灣新詩的三種關懷》，台北：駱駝出版社，1997。

林亨泰：《林亨泰全集》，彰化：彰化縣立文化中心，1998。

林瑞明：《台灣文學與時代精神──賴和研究論集》，台北：允晨文化公司，1993。

詹　澈：《土地請站起來說話》，台北：遠流出版公司，1983。

詹　澈：《西瓜寮詩輯》，台北：元尊文化，1998。

賴　和：《賴和全集‧新詩散文卷》，台北：前衛出版社，2000。

引用篇目（依作者姓名筆劃序）

林明德：〈鄉間子弟鄉間老〉，國立彰化師大《國文學誌》第10期，2005年6月。

吳音寧：〈在土地裡長出一棵樹〉，《聯合文學》第246期，2005年4月。

第6章 囡仔歌：台灣新詩的舊田土
——細論康原與彰化新詩的土地哲學

第一節　前言：從唸謠到詩學

　　台灣詩學理論的建構，不離以下四大類型：一是以個人或詩社風格的建立為主要目標，探討詩人或詩社風格的特質與形成的緣由；二是以時代詩潮與美學的追尋與架構為首要理想，觀察詩壇現象、詩作風潮其內在質變的因果，及其與其他藝術文化互動的軌轍；三是以特立的史觀釐清新詩發展的脈絡，為新詩未來的趨勢預示更多的可能；四是以歸納與演繹的科學方法，為新詩方法論拓展無限的空間，增強活力。

　　但是，不可忽略的是：詩，存在於詩學之前；美，存在於美學之前。

　　以詩學而言，《詩學》（Poetics）雖然是人類現存最古老的文學論著之一，為亞里斯多德（Aristotle, BC 384-322）在西元前三三五年，為尋求詩（詩的義涵是指著廣義的藝術）的原理、原則，樹立詩的學說體系而著。但是，顯然在這之前，他所研究的對象——詩，早已存在。更進一步來說，先有語言才有文字，因此在詩以文字書寫之前一定先有口耳傳唱的歌詩，中國的《詩經》、樂府正是採集民歌而來，台灣的唸謠一直流傳在民間。所以，即使是沒有文字使用經驗的族群，仍然會有屬於他們自己的歌詩，台灣原住民的神話傳

說、歌唱傳統，就是最好的例證。甚至於，往前細論，在詩尚未出口之前，詩意先以胚胎的型態在人類心中醞釀，而後才脫口而出，醞釀的時間可能少至零點零一秒，多達數十天，詩意與詩歌的界線或可模糊，但先後秩序卻清楚存在：

湧現詩心→感官傳唱→感性書寫→理性詩學

如果簡化爲一個單字及其相對應的人體器官，那就是「我手寫我口，我口唱我心」：

心　→　唱　→　詩　→　學
心　→　口　→　手　→　腦

如是，後起的詩學不僅要研究文本的詩，詩之所起的心，更應該要有一些心力放在純以口誦、先於詩篇的唸謠上。

詩與詩學的關係如此，美與美學的關係亦復如是。不再贅言。不過，「美學」這個詞語跟美學的存在，依然值得思考。西方是德國哲學家鮑姆加登（Alexander Gottlieb Baumgarten，1714-1762）在一七五○年認爲人類的心理活動傳統上分爲「知」、「情」、「意」三個面向，邏輯學可以對應純粹理性的「知」（眞的追求），倫理學可以對應實踐理性的意志的「意」（善的追求），卻沒有任何學科可以對應判斷力的情感的「情」（美的追求），因而以「美學」（Aesthetics）這個詞語作爲他研究感覺與情感領域之規律的書名，「美學」

（Aesthetics）從此成爲一門獨立的學科，鮑姆加登躍登爲世界的「美學」之父。

　　這是西元一七五○年的事，但是在這之前，高山大河、長林古木早就以數百萬年的歷史存在，人類的祭祀儀式、衣物飾品、生活禮節、園林壁畫，早就以繁複的型態、色彩與人類同存共生，晚唐司空圖（837-908）以詩論詩的二十四詩品：雄渾、沖淡、纖穠、沈著、高古、典雅、洗鍊、勁健、綺麗、自然、含蓄、豪放、精神、縝密、疏野、清奇、委曲、實境、悲慨、形容、超詣、飄逸、曠達、流動，也已論述完成。換句話說，「美學」這個詞語出現之前，美學早已存在；作爲一門學科的「美學」只有兩百五十多年，但是人類對美的探索、思索，卻已超過兩千五百多年。所謂「美學史」，不只是狹義的「美學」這門學科的歷史，更是廣義的人類探索、思索「美」的歷史。

　　因此，「詩學」、「美學」之所以能夠建立，在剛才所述的歷程中：「湧現詩心→感官傳唱→感性書寫→理性詩學」，所有「→」處，都有「心」的作用在，用「心」始能成「學」。所以，回頭思考台灣詩學理論建構時，我們知道：來自民間的、來自兒童的、來自生活的、來自語言的，一切原始的存在，都應該是我們審視的對象。

　　彰化文史工作者康原一生的志業，表現在他對台灣囡仔歌的紀錄，對台語詩的堅持，對老彰化事物的關懷，如果從「詩學」、「美學」尚未成立之前的那顆心的熱誠去理解，脈絡可以清晰，內容可以豐厚，康原與彰化詩學的繫連也就十分緊密了。

第二節　型構彰化學：康原的半生志業

康原（康丁源，1947-），彰化縣芳苑鄉漢寶村人，一九四七年出生。一九六○至六五年，就讀於秀水農校五年制綜合農業科，這五年農校生涯奠下他文學與生命最重要的機緣與基礎，其一，生命姻緣：認識同學姚金足，畢業後即成為相互扶持的人生伴侶；親近校長袁立錕，退伍後即進入學校服務二十五年直至退休。其二，音樂因緣：喜歡音樂，親近音樂老師施福珍，修習管樂與指揮，因為這層關係，管樂吹奏與樂隊指揮的技能成為他日後的謀生工具，施福珍老師為台灣囝仔歌紀錄與配曲的成就，也因為康原的文筆留下珍貴紀錄，甚而直接影響康原歌詩的觀念與創作。其三，文學因緣：康原對文學的熱愛之情，在他十多歲的中學心靈中即已熱烈燃燒，五十年的堅持至今猶未稍歇。

這三項因緣，在一九七○年他進入彰化高工（今彰師大附工）之後，都有正面的加強作用，如結識詩人林亨泰（1924-），開啓他對現代主義與現實主義的理解；結識小說家賴賢穎，因而以賴和（賴河，1894-1943）為其精神典範，立定為賴和與彰化文學服務的終身職志；結識音樂家李景臣，為詩與音樂結合的熱情，續添薪火。秀水農校與彰化高工，佔有康原生命中最璀璨的三十年，卻也型塑了康原其後璀璨的文學生命。

康原一生志業之所在，其實是在型構彰化學，但在這一覺悟之前，他有一段很長的時間被困在風花雪月的追捕吟唱中，王灝（王萬富，1947-）將這段以抒情散文為寫作大宗的

日子，稱爲「吟風」歲月，而將八〇年代以後轉向鄉土大地深耕的康原，稱之爲「采風」人。「吟風」歲月的作品是指《星下呢喃》（1970）到《生命的旋律》（1979）的七〇年代四本散文集，❶ 王灝認爲「在這幾本散文創作的成績冊裡，康原所投注入的是一種極端抒情，至爲感性的吟風情性，這段時期的文章裡頭，充滿的是康原個人的所感、所懷、所思，但也就因爲這種創作的取向，使得康原長期圍於自我的小小情性世界裡，陷入一種固定的創作型態中，而且這一段日子維持了很久，最後終於成爲康原創作上的一種侷限，而幾度想要去突破、去跨越，總是因爲既定的型制拘限，無法破繭而出，甚至成爲康原的一種焦慮根源。」❷ 王灝與康原交往甚久，知之甚稔，他看出康原這十年間自我拘囿而無法自我突破的窘境，但我卻以爲沒有這十年的熬鍊，生命體驗如何深刻，生命智慧如何成熟？更重要的是，沒有這種生命熱情的燃燒與迸放，如何會有型構彰化學的熱力？否則，彰化縣籍的作家、久寓彰化縣境的作家，何止十百，又有誰是那熱力迸散「型構彰化」的第二人？

---

❶ 康原著作：《星下呢喃》（散文集，彰化：現代潮出版社，1970）。《霧谷散記》（散文集，彰化：大昇出版社，1976）。《煙聲》（散文集，台北：水芙蓉出版社，1978）。《生命的旋律》（散文集，台北：彩虹出版社，1979）。

❷ 王灝：〈從吟風到采風〉，原載《自由日報》，1995年6月21日。後收入康原書中，一是康原著《作家的故鄉》，台北：前衛出版社，1987，頁235-248，此處所引之文在頁241。二是康原著《文學的彰化——彰化縣新文學作家小傳》，彰化：彰化縣立文化中心，1992，頁194-206，此處所引之文在頁200。

　　在這四冊散文集之後，一九八四年春夏，康原又出版了兩冊散文集《明亮的眸》與《最後的拜訪》❸，王灝視之為「從青春夢土跨向鄉土大地」，「回首看是前塵往事般的青春情懷，向前瞻是前景壯闊的中年沉穩。」❹

　　林雙不（黃燕德，1950-）在《最後的拜訪》序文中說：「我明顯看出他內在的小宇宙中有台灣，有他鄉土的愛。他要讓讀者朋友了解的，是台灣寶島自古以來的美麗與可愛；他要和讀者朋友分享的，是台灣寶島綿密濃烈的真愛與摯情。」「基本上，一個人對他生長的鄉土多一分了解，就會多一分熱愛；對他生長的鄉土的過去，不管是光榮的或苦難的痕跡多一分認識，就會多一分生我育我的感恩，從而滋長死生與共的情感。」❺

　　王灝、林雙不都已看出康原「從青春夢土跨向鄉土大地」，「從而滋長死生與共的情感」。

　　二十世紀九〇年代，康原自己也顯示了十分清晰的文學觀：「文學是透過作者的觀察、想像，以美妙的形式，表達其真摯的情感與深邃的思想，使其具有時代精神與獨特個性，並反映人生、反映社會現實，在社會的遞變之中，表達作者對社會的關懷。」❻ 這時，康原心中開始有著更大的期

---

❸ 康原著作：《明亮的眸》（散文集，台北：水芙蓉出版社，1984年1月）。《最後的拜訪》（散文集，台北：號角出版社，1984年5月）。

❹ 同注2，《文學的彰化》，頁200-201。

❺ 林雙不：〈感性的訪問者〉，《最後的拜訪》，頁1-6。此處所引之文在頁4。

❻ 康原：〈文學與生活〉，《佛門與酒國》，高雄：派色文化出版社，1991，頁8。

許，沉浸文學領域多年，深重的使命感促使他熱切推動彰化藝文活動，如：二○○○年的八卦山文學步道，二○○三年的文學之門——文學彰化新地標（賴和〈前進〉），二○○五年的洪醒夫文學紀念公園，他有著爲「彰化學」定型定音的決志與信心。

「彰化學」應該有什麼內涵？彰化師大「台灣文學研究所」在二○○五年成立時，所主任林明德（1946-）就已開始帶領大家共同思考這個問題，這是一個嚴肅的學術架構，但是作爲彰化地區的文史工作者，康原早已在上個世紀八○年代即已默默耕耘、慢慢摸索，以他最近二十年的努力，大約型構了「彰化學」最原始的雛形：

一、人物典範的塑造與論述

自一九八二年康原自費印行《眞摯與激情》以來，康原共有四冊人物典範塑造的書籍 ❼，全都圍繞著彰化文學的典範人物而努力，如《眞摯與激情》所論及的彰化作家，包括吳晟、林亨泰、洪醒夫、林雙不（服務於員林）等，篇次、篇幅極多，境外作家則爲南投縣籍的岩上與向陽，呈現出因鄰近而論述的地緣關係。第二冊《作家的故鄉》，以散文的筆調尋找「故鄉」對作家生命的啓迪、影響，包含作家影像、

---

❼ 康原所著人物典範塑造之書：《眞摯與激情》（彰化：康丁源，1982）。《作家的故鄉》（台北：前衛出版社，1987）。《文學的彰化——彰化縣新文學作家小傳》（彰化：彰化縣立文化中心，1992）。《鄉土檔案》（彰化：彰化縣立文化中心，1993）。

文學觀、康原的深度訪談，可以看出是一本有計劃的專書，這書透露康原對「故鄉」的眷戀，一共拜訪了二十一位作家，屬於彰化的有林亨泰、吳晟、林雙不、宋澤萊、李昂、蕭蕭、心岱等七人，三分之一的名額，偏高的比例，情歸彰化，私意可憫。

第三冊《文學的彰化》是為彰化縣新文學作家立傳，目標明顯，全書分四輯，前三輯是「愛土地的人」、「自主文學的舵手」、「從鄉情出發」，可以看出康原聚焦於土地、自主、鄉情的文學觀，第四輯稱為「列傳小記」，應該是為無法歸屬於前三輯的作家所作的小記，其中有散文大家林文月（1933-）、現實主義詩人詹澈，卻只有短短五百字的資料羅列，未能見其堂奧之美，最是可惜。第四冊《鄉土檔案》，焦點仍是「鄉土」，輯一「思鄉情懷」，論述彰化作家李昂（施淑端，1952-）、洪醒夫（1949-1982）、吳晟（吳勝雄，1944-）、宋澤萊（廖偉竣，1952-）、林雙不五人之作。輯二「鄉土檔案」雖論及王灝、林文義（1953-）等人，但仍保留極多篇幅給彰化好友吳晟、林雙不兩人。三、四輯為詩評及雜論，雖未以人成篇，所舉事例仍以彰化文人為多。擁抱彰化，捨「康」其誰？

「彰化學」的建構首重人物，以典範人物為中心，尋求共同的特質、氛圍如何形成，形成後內涵是否更為深廣，影響是否更加擴增，「學」是否因為理論的充實而建構完成。目前康原所邁出的步伐正確，他相當專注於彰化作家成就，抱著「成功何必在我」的熱忱，努力推介彰化人物，但綜觀四書，缺憾仍多：

其一即是康原筆下的核心人物如賴和、吳晟，雖然一再出現在康原的論述中，但他們如何形成旋風、擴大影響，則未有一語觸及。

其二是康原論述深度不夠，淺嘗則已，康原往往以散文式的印象批評論述單冊書籍，未曾全盤探究，單點出擊，難以成「學」。

其三是論述廣度不足，囿於一隅。截至目前為止，康原只談文學，未及其他學術領域、藝術流派；即以文學為例，所舉人例侷限在二、三人，格局未顯。

或許對於人物典範的塑造與論述，康原及彰化地區學者仍有極大的努力空間，「彰化學」才有成形的一天。或許康原志不在建構「彰化學」，但他無私的努力，卻為「彰化學」劈下第一斧。試看台灣各縣市作家群中，幾曾出現如康原這樣為自己的家鄉、為自己的同鄉信仰如此堅定的人？試看在人物典範的挖掘上，又有誰表現得像康原這樣有聲有色，有聲者如康原與施福珍（1935-）合編許多懷念囝仔歌，有色者如康原與許蒼澤合編許多懷舊攝影文集，為台灣留下不少珍貴史料。這就是康原在彰化典範人物的塑造上，走向「彰化學」的穩當的第一步。

二、歷史事件的還原與評述

以文學家而言，康原對彰化歷史的保留與紀錄，已經做了很多的努力，最早的呈現方式是以散文搭配許蒼澤（1930-）的攝影，《記憶》、《歷史的腳步》與《懷念老台灣》❽是其

中的代表。前二書以散文為主，歷史的滄桑感顯現在許蒼澤的攝影作品中，許蒼澤是出生於一九三〇年的鹿港攝影工作者，獲獎多次，最特出的一次是一九六二年獲得日本《Camera雜誌》彩色部月曆賽年度第一位獎暨優秀作家獎，所出版影集大多與康原合作，如《記憶》、《懷念老台灣》、《尋找鳥溪》、《尋找彰化平原》等。康原對他的老照片有這樣的感觸：「這些老照片帶我回到了童年的時間隧道——發現這些台灣圖像，竟然構成了時空、歷史、鄉愁、族群共有的生命質感，使我忘去現實社會的挫折與不滿，沉浸在有趣而富於感情的視覺之旅。」❾

在《懷念老台灣》自序〈終戰後的台灣圖像〉中，康原表達了以照片保存歷史的史識：「我們知道老照片是一種歷史資料，不管是雜誌上的圖片，或各種家族相片，都是歷史研究的資料，往往都伴存著時代風格，從照片上的服裝式樣、髮型款式，男女老少都顯示出時代、地域之別。因此，自古就有『左圖右史』的說法，足以詮釋照片在歷史研究上的地位。」❿這也說明：在「地理天文的觀測與敘述」、「風土器物的採集與記述」中，康原仍須借助於許蒼澤的老照片增強歷史感與說服力。

王灝認為康原有圖為證的散文書寫策略，是採用歸位詮

❽ 康原與許蒼澤合作的攝影文集：《記憶》（台中：晨星，1986）。《歷史的腳步》（彰化：彰化縣立文化中心，1991）。《懷念老台灣》（台北：玉山社，1995）。
❾ 康原：〈終戰後的台灣圖像〉，《懷念老台灣》，台北：玉山社，1995，頁7。
❿ 同注9。

釋法與演繹詮釋法，所謂歸位詮釋法是康原讓自己回到照片當時的時空，說自己的故事，可以適度回應照片或傾訴自己；演繹詮釋法是進入照片中，康原化身為影中人，或設計獨白，或設計對白，頗似小說家言。對於康原借圖以記史的做法，王灝有所稱許：「往往是三言兩語的輕勾細描中，就掌握住了照片本身的精神背景，而點染出那照片裡的歷史風貌。甚而傳遞出那潛藏在照片裡、過往時光的感情來。」⓫

康原的歷史情懷，還表現在《台灣農村一百年》⓬的撰述，與彰化縣村史撰寫的推廣工作上。《台灣農村一百年》書中有農村古物、風俗之概說，農業發展之概況，農家生活的概述，雖然以台灣為名，仍然不離彰化轄區，仍然是為彰化記史。至於村史撰寫的推廣工作，還未見成效，但他自己率先密集出版，一年一書，如二○○一年出版《漢寶村之歌》，⓭二○○二年藉助於林躍堂的攝影作品出版《康原的故鄉：漢寶》、二○○三年《漢寶家園》⓮影集，二○○五年出版《野鳥與花蛤的故鄉》⓯，具有起頭示範作用，期望彰化的每一鄉鎮、村里都有人像他這樣為自己成長的地方記事寫史，不僅可以傳承先祖的智慧，還能激發後代子孫敬祖愛鄉

⓫ 王灝：〈從吟風到采風〉，康原著：《文學的彰化──彰化縣新文學作家小傳》，頁 203。

⓬ 康原：《台灣農村一百年》，台中：晨星出版社，1999）。

⓭ 康原：《漢寶村之歌》，台北：教育部兒童讀物出版資金管理委員會，2001。

⓮ 康原：《康原的故鄉：漢寶》，彰化：漢寶社區發展委員會，2002。
康原：《漢寶家園》，彰化：文化局，2003。

⓯ 康原：《野鳥與花蛤的故鄉──漢寶村的故事》，彰化：文化局，2005。

之心，這樣的浪漫情懷，或許正是文學家康原的本意，康原說：「這次村莊史的建構，是將鄉土資源深入挖掘，做了田野調查與文獻研究後，透過文學的筆法來描寫村莊的常民生活，企圖透過文字描寫與影像呈現，做爲建立以台灣爲主體文化的基礎工作。」**⑯**

領軍彰化縣境「大家來寫村史」運動的周樑楷（1947-）教授在「彰化縣文化局推動『大家來寫村史』工作作業要點」上，附有一文〈大家來寫村史：彰化縣民領導歷史意識的自覺運動〉，強調：「近二十幾年來，全世界的政治潮流比從前更加民主化，同時思想文化也更朝向平等化，各弱勢族群逐漸取得自主發聲的權利。台灣在這兩股潮流中，表現亮麗，不落人後。如果我們以古希臘梭倫轉化『認識你自己』這句名言的道理，再度轉化和深化時可以說成：在今天這個時代裡，『認識你自己』應屬於每個人自己的權利；換句話說，人人都有表述歷史的權利，人人都是史家。所以，『大家來寫歷史』的『大家』，是指社會上每個人自己。爲了提倡『大眾史學』，我曾經嘗試爲『大眾史學』下定義：每個人隨著認知能力的成長都有基本的歷史意識。在不同的社會文化中，人人可能以不同的形式和觀點表述私領域或公領域的歷史。大眾史學一方面以同情了解的心態，肯定每個人的歷史表述；另方面也鼓勵人人『書寫』歷史，並且『書寫』大眾的歷史，供給大眾閱聽。」**⑰** 史學家的肯定爲康原建構地方史

⑯ 康原：〈文學創作與村莊歷史〉，台中：《台灣日報·副刊》，2004年10月19日。

⑰ 周樑楷：〈大家來寫村史：彰化縣民領導歷史意識的自覺運動〉，附在彰化縣文化局推動『大家來寫村史』工作作業要點上。

的努力給予極大的鼓舞。

三、地理天文的觀測與敘述

天文誌、地理誌的撰寫，原屬於上一節所論述的史書的範疇。但康原書寫一條河的生命史，一塊平原的歷史情懷、豐富圖象，比起史書中地理誌的書寫更具臨場感，更有生命活力，更富於文學價值，值得另立一類來探討。就「地理天文的觀測與敘述」此一類型而言，康原曾出版三部重要書籍，堪稱是建構「彰化學」的地理書寫中極具典範之作：《尋找烏溪》、《尋找彰化平原》、《烏溪的交響樂章》。⑱

《尋找烏溪》的寫作受到林文義《母親的河——淡水河記事》⑲的啟發，其後又直接影響了吳晟《筆記濁水溪》⑳的書寫意圖。這三本書（三條河）的寫作，由北而南，逐漸展開台灣人尋找生命臍帶的行程，開始諦聽河流與文明的對話，這是企圖瞭解土地與歷史的糾葛的初始作業。時報文教基金會自一九九八年至二○○一年推出「大河的故事」十一冊，包括《淡水河之歌》、《朴子溪之美》、《頭前溪的記憶》、《濁水溪的力與美》、《中港溪流淌悠悠》、《大甲溪帶電奔流》、《高屏溪的美麗與哀愁》、《卑南溪原水向東流》、《曾文溪戀戀母河》、《烏溪的交響樂章》、《蘭陽溪清淨好水

⑱ 康原「彰化學」的地理書寫：《尋找烏溪》，台北：常民文化公司，1996。《尋找彰化平原》，台北：常民文化公司，1998。《烏溪的交響樂章》，台北：時報文化公司，2001。

⑲ 林文義：《母親的河——淡水河記事》，台北：台原出版社，1993。

⑳ 吳晟：《筆記濁水溪》，台北：聯合文學出版社，2002。

色》，未嘗不是受到康原「尋找一條河的生命史」就是「尋找台灣人的生命史」的史觀的影響，康原推舉「尊重生命，保護環境」的理念，強調：「透過對河川的關愛與瞭解，提醒台灣人能飲水思源，善用河川資源，維護河川生態平衡，喚起全民的共識，結合民間的力量，激發愛家、愛鄉的情懷，大家一起來關心鄉土、關心後代子孫、關心土地的永續發展，能讓烏溪再呈現山清水秀、溫柔婉約的面貌。」❹——這也是建構「彰化學」的動力所在。

林文義的《母親的河》偏向情意的浪漫書寫，吳晟的《筆記濁水溪》又多主觀意識的批判，這兩本書可以歸之於文學類的散文成就；康原的《尋找烏溪》則以兼具知性與感性的書寫方式，不偏客觀與主觀的書寫態度，因而兼有史學與文學的報導價值。《尋找烏溪》正是康原建構「彰化學」的地理書寫之三書中，最具原創性、純粹性的一本。從此推展出《烏溪的交響樂章》，沿河岸《尋找彰化平原》，預示著康原的地理書寫，正由目前所居住的彰化縣境東北角，烏溪（大肚溪）流域所在，經過整個彰化平原，將要向西南行進，繼續尋找東螺溪（舊濁水溪）、書寫西螺溪（今濁水溪），完成地網脈絡，照顧彰化全縣地理與人文。

康原「地網脈絡」的書寫，曾獲得台灣最具有普及性與權威性的鄉野文史工作者劉還月（劉魏銘，1958-）的稱許，他說，《尋找彰化平原》是康原致力於「鄉土史」建構的重要里程碑，他認為在這本書裡面，「有歷史的風采，有土地

---

❹ 康原：〈走過豐饒大地〉，《尋找烏溪》，台北：常民文化公司，1996，頁9。

的變遷，有文學家的土地之情，有藝術家的故鄉素描，更有豐富多元的風土記事。」[22] 透過這本動人的地方鄉土誌，可以重新認識彰化平原不同的人文與土地風情。

只是，地理誌的書寫由東北而西南，康原逐步開展的地網脈絡逐漸清晰，相對的，「天文誌」又該如何搭配，天羅脈絡又該如何張羅？這樣的工作不能只靠熱情，已非康原的熱情、能力之所能及，康原率先開了一個端的「彰化學」，顯然有待更多的天文學家、地理學者、古蹟民俗工作者、產業工作者、藝術工作者參與建構。

四、風土器物的採集與記述

施懿琳教授曾經指出「一九八四年出版散文集《最後的拜訪》後，康原開始從早期抒情敘懷卻又不免於掛空的書寫型態，轉向貼近土地與人民的報導文學之作。這個成功的轉型，使得他的創作從此有了令人感動的脈息躍動在字裡行間。」[23] 王灝、林雙不也都曾指陳這樣的事實，林雙不在《最後的拜訪》序文中，還以個性決定寫作路線的觀點，說「康原重感性，抽象的思考能力不足，無法對形而上的事理加以清晰正確的理性分析，也無法在可感可觸的既有事實之外，憑空再加情理之中的想像。」所以，應該「給他具體的

---

[22] 劉還月：〈建構彰化平原鄉土史的里程碑〉，《尋找彰化平原》，台北：常民文化公司，1998，頁8。

[23] 施懿琳：〈深深紮根在故鄉豐饒的土地上〉，《尋找彰化平原》，台北：常民文化公司，1998，頁3。

東西、有形的事件,讓他慢慢觀察、細細描述。」❷ 他們兩人都率直地指出康原寫作上的優缺點,但在家鄉「風土器物的採集與記述」上,康原這種「抒情敘懷」、「重感性」的特質,卻另有一種加分的作用。

《最後的拜訪》是一本鳥瞰民風、縱橫民俗、深入民物的感性報導,書中深度報導井、厝、廟、碑、石、墓、巷、橋、路、鹽、圳、海、戲、歌、酒、花、書院、樹石、扇子等物,惜物與懷舊的至情,從選材、尋覓、回溯、記錄,以至於物與事的聯繫、事與情的觸發中,盈溢而出。這些「風土器物的採集與記述」其實並未離開家鄉彰化,如果與此書第二輯「蔗鄉印象」的〈漢寶園風情〉、〈花蛤園風情〉等已具村史寫作雛形的篇章合觀,預示了康原鼓吹村史寫作、型構彰化學的原意,早在一九八四年寫作《最後的拜訪》,踏入報導工作時,已經顯露無遺。

以這樣的觀點來看康原另一本透過農村器物、古老影像、文獻資料,企圖重新建構台灣農村百年來文化變遷的《台灣農村一百年》❺,雖然號稱是「台灣農村」,觀其篇章與內容,依然不離二林、芳苑、鹿港等海口所在的人、事、物,以文學而言可以說是「以小喻大」,以統計學而言,取樣則稍嫌不足。不過就回饋自己的家鄉彰化來說,康原仍是一本初衷,熱情不減;就回饋自己所學的綜合農業科系來看,這是康原首度涉及與農業相關的寫作,也算是一種文化上的

---

❷ 林雙不:〈感性的訪問者〉,康原《最後的拜訪》,台北:號角出版社,1984,頁3。

❺ 康原:《台灣農村一百年》,台中:晨星出版社,1999。

「返鄉」動作。綜合而言,康原一生志業之所在,都在返回彰化的路途上,他一直在做的是文化的「返鄉」工作。

彰化風土器物的採集是建構彰化學重要的一環,什麼樣的水土會孕育什麼樣的人,什麼樣的物產會醞釀什麼樣的文化,全靠風土器物去舉證、去呈現。康原深知歷史的長廊裡不能缺少實物的展示,所以《台灣農村一百年》書中,他讓收藏家陳慶芳所收集的民藝文物現身,豐富自己記述之不足;讓攝影家許蒼澤的舊照片重建現場,活潑歷史舞台的形影。這樣的風土器物,彰化各鄉鎮還有極多項值得稱述者,如田中的菸樓、油廠用品,鹿港的神桌、古藝,社頭的織襪機組,二水的硯石雕具,都十分可觀。更不要說台灣山坳、丘陵地區、客家、原住民的民藝、農具。所以,以《台灣農村一百年》書中所述民俗古藝,康原僅得台灣實有文物之一二十;以彰化風土器物的採集,合康原二書(《最後的拜訪》、《台灣農村一百年》)來看,僅過其半,缺漏尚多。但就型構彰化學的創意而論,康原充分顧及人、地、事、物的歷史縱深與演出,先見之明,令人讚佩。

五、名勝景觀的尋探與描述

型構彰化學的志業,肇因於愛鄉護土的至情,愛鄉護土的至情,最容易顯現在日常生活中招呼親友觀賞名勝,導覽古蹟。因此,帶領外地親友、鄉里子弟,尋家鄉之幽,探地方之勝,成為康原寫作之餘最大的樂趣,特別是在彰化、員林兩所社區大學講授「台灣文學」、「村史寫作」,課堂上的

閱讀、講解，佐以實地的觀察、感受，成為極受歡迎的課程。

這種導覽名勝的工作，形之於文字，則是普及化、教育化，甚至於商業化的旅行文學，重新為彰化地區繪製舊景觀與新文化地圖，一則激發在地人的愛鄉情懷，二則激引外地人踐履觀光的興趣。類此景觀與文學的結合，康原曾經出版《八卦山文史之旅——礦溪舊情》(彰化縣文化局，1999)、《彰化縣文化休閒導覽手冊》(彰化縣文化局，1999)、《彰化市之美》(彰化市公所，2000)、《漢寶園之歌》(教育部，2001)、《賴和與八卦山》(教育部，2001)、《彰化半線天》(紅樹林出版社，2003)、《彰化縣地方文物館家族導覽手冊》(彰化縣文化局，2004)、《花田彰化》(文復會策劃‧愛書人出版社，2004)、《彰化孔子廟》(彰化縣文化局，2004)等九本書，成果相當豐碩。

其中以《彰化半線天》、《花田彰化》最具觀光實用的外在價值與文化傳承的內蘊使命。如《彰化半線天》主要在細訴彰化（市）古城風雲、豐饒產業、禮樂雅集、古廟春秋、自然生態與常民生活，深度介紹「南北管館閣」、「彰化文學步道」、「彰化孔子廟」，彰顯彰化地區藝文雅化的廣度與深度，正如他在行前導覽〈彰化半線天〉中所引述的縣長翁金珠的話：「彰化是台灣文學的原鄉，自古以來人文薈萃，形成了優良的文學傳統。從台灣文學史來考察，彰化地區人才倍出，文學家獨步全台：陳肇興、吳德功、洪棄生……等人，傳承了漢詩文，賴和、楊茂松、謝春木開創了新文學，奠定了台灣新文學的基礎，林亨泰、吳晟、宋澤萊、林雙

不、康原……等人，爲當今文壇的牛耳，創作屬於土地與人民的台灣文學。」❷ 頗有彰化是台灣文學「半邊天」的氣勢與信心，這也是促生「彰化學」最主要的意涵所在。

至乎《花田彰化》則是《彰化半線天》的延伸，從彰化市擴及於全縣，表面上是爲了提供旅遊資訊，骨子裡卻是景觀、產業、文學三角絞和而出的文化地圖，呈現彰化的彩色前程，預示後現代時期「邊疆即是中央」的無限可能。

第三節　傳唱囝仔歌：康原的內在騷動

康原的理性，可能讓他選擇以類近報導文學的方式書寫故鄉，型構彰化學，但他內在熾熱的歌唱欲求，多次與施福珍老師合作出版「台灣囝子歌」的愉快經驗，卻又深刻裸裎康原感性的志趣：傳唱囝子歌詩。

康原三度與施福珍老師合作，出版四本「台灣囝子歌」相關的書：《台灣囝子歌的故事》一、二集（台北：自立晚報社，1994），《台灣囝子歌的故事》（台北：玉山社，1996），《囝子歌》（台中：晨星出版社，2000）。另有一次與雕塑名家、音樂素人、母語教師合作出版綜合藝術的《台灣囝仔歌謠》（台中：晨星出版社，2002）。這五本歌謠集直接影響康原新詩創作的理念，康原唯一的一本詩集《八卦山》❷即可視之爲台語創作的歌謠，是台語囝子歌的成人版、擴大版。台語囝子歌對康原的影響，遠遠勝過賴和、林亨泰兩位

---

❷ 翁金珠：〈教育文化是國家百年大計〉，轉引自康原〈彰化半線天〉，《彰化半線天》，台北：紅樹林出版社，2003，頁24。

❷ 康原：《八卦山》，彰化：彰化縣文化局，2001。

大詩人加之於其身的感動。這樣的現象可以解釋爲：童眞的直率、生命最初的激動，才是詩心最原始的起震點，因爲氣質、個性與之相近，康原一直保有這種激動。

一、康原與賴和的台語詩

一九九五年七月，康原自彰師大附工退休，即擔任「賴和紀念館」館長兩年，這兩年的經歷使他更深入瞭解賴和，發願傳揚賴和精神，期望以賴和的精神做爲彰化文學的精神指標，在台語詩集《八卦山》的〈自序〉中他坦承：「伊是我敬佩的台灣詩人之一，是我學做人佮文學的典範，伊的精神親像八卦山共一款，永遠記惦我的心肝內。」^{❷⑧} 換言之，康原有心將賴和與八卦山塑造爲彰化人文與自然的兩大象徵，詩集命名爲《八卦山》，《八卦山》中收入自己的六十四首台語詩之外，還附錄一詩一文，詩是〈彰化媽祖〉、文是〈台語新詩的奠基者〉，二者皆爲賴和而寫，可見康原的企圖心。

然而，依據林瑞明的觀點：「賴和的新詩，正如同他的小說，都是重大事件的反響，亦詩亦史，具體表現了在高壓統治下，台灣的胎痛。儘管作品不是很多，但份量絕對不輕，在台灣新文學史上是屬於重量級的作品。」^{❷⑨} 反觀康原

---

❷⑧ 康原：〈唸詩識土地，唱歌解憂愁〉，《八卦山》，彰化：彰化縣文化局，2001，頁25-26。

❷⑨ 林瑞明：〈賴和的文學及其精神〉，林瑞明《台灣文學與時代精神——賴和研究論集》，台北：允晨文化公司，1993，頁342。

的《八卦山》，除了一首〈集集大地動〉為生民而悲之外，所有的詩作都以歌謠的形式、快樂的語調，頌讚野鳥、童年、民俗、農村，雖然他將賴和當作是文學效法的典範，但康原詩中一無抗議精神，二無大事迴響，三無台灣胎痛，顯然並未在文學精神上亦步亦趨，跟隨賴和的腳印。究其原因，既不是高壓統治的鬆動（康原亦曾經歷白色恐怖），也不是物質環境的鬆綁（康原童年是在貧乏的海濱度過，《八卦山》輯四有幾首描述童年困窮的詩），應該是樂暢個性的完全鬆弛。

康原與賴和詩作最大的繫連，是台語詩的承襲。日制時代台灣詩人的語言應用，可以有三種區隔，一是善用熟練的中文，如張我軍；二是襲用熟練的日文，如謝春木；三是應用生疏而又熟悉的台語漢字，如賴和。根據前衛版《賴和全集・新詩散文卷》，賴和創作了六十首新詩，其中有十首台語詩。❸ 賴和的小說，更多應用台語漢字的現象，因為賴和在一九二六年發表的〈讀台日紙的新舊文學比較〉，即已強調新文學運動的目標是「嘴舌與筆尖合一」❸ 。此一「嘴舌與筆尖合一」的落實動作，即是台語漢字的應用，「台語」是嘴

---

❸ 賴和台語詩十首，依次為：〈寂寞的人生〉、〈新樂府〉、〈農民謠〉、〈相思〉、〈相思歌〉、〈月光〉、〈農民嘆〉、〈冬到新穀收〉、〈呆囝子〉、〈不是〉，詳見前衛版《賴和全集・新詩散文卷》，台北：前衛出版社，2000。但康原在〈台語新詩的奠基者——兼談賴和的台語詩歌〉，卻只談其中五首，顯有疏漏，詳見《八卦山》，彰化：彰化縣文化局，2001，頁184-214。

❸ 賴和：〈讀臺日紙的「新舊文學之比較」〉，原載於《台灣民報》八十九號，1926年1月24日。收入《賴和全集・雜卷》，台北：前衛出版社，2000。頁87-91。

舌，「漢字」是筆尖，合而爲一即是賴和與康原的台語詩。

同樣是在寫「団仔」，因爲情性不同，賴和與康原發展出不同的台語詩，賴和的詩充滿訓諭口吻，教訓自己的孩子：不知照顧弟弟得不到疼惜；康原的詩則充滿歡樂氣息，即使仍存在著說教意味，卻多了一些正面的鼓舞作用。

〈呆団仔〉賴和

呆団仔　不是物
一日食飽溜溜去
禬曉看顧恁小弟
只管自己去遊戲
呆団仔　人是不痛你（第一節）❷

〈団仔兄〉康原

人攏叫你：団仔兄
頂港真出名
下港有名聲
走江湖講氣魄
冤家相拍攏嘸驚（第一節）❸

---

❷ 賴和：〈呆団仔〉，《賴和全集‧新詩散文卷》，台北：前衛出版社，2000，頁169-170。

❸ 康原：〈団仔兄〉，《八卦山》，彰化：彰化縣文化局，2001，頁14-16。

　　同樣是面對農家，因爲角度不同，賴和與康原發展出不同的台語詩，賴和的詩爲農民的收成擔憂，爲農村的未來悲愁；康原的詩則以童年嬉戲在田野的情趣入詩，特別是最後兩句寫小弟弟的羞澀與撒嬌，十分傳神。

〈冬到新穀收〉賴和

冬到新穀收
田主撚嘴鬚
咱厝大小面憂憂
討租、徵稅鬧不休
幼子哭妻叫苦
哭沒有米粥湯
苦著火食難的度（第一節）㉞

〈稻仔園〉康原

阮兜四邊稻仔園
族親攏嘛恬規庄
親族?厝離無遠
相招來到田岸耍
一二三四五六七

―――――――――――――――――――――――――――――――――――

㉞ 賴和：〈冬到新穀收〉，《賴和全集・新詩散文卷》，頁166-168。

大漢阿兄走第一

細漢小弟毋敢比

走在後面叫阿姊 ㉟

　　所以，同樣是賴和與康原時時走踏的八卦山，賴和以
〈低氣壓的山頂〉㊱爲題，說天色是陰沈而且灰白，眼前出現
的是死亡的顏色，用以象徵世界即將破毀，人類即將滅亡，
而賴和則張開喉嚨吶喊，以悲觀的態度，擔負起人道主義者
的重責大任。康原的詩〈八卦山〉㊲雖然也有歷史的印記、
生態的感嘆，終究是匆匆一瞥，即結束在幼小年紀的可笑願
望：吃與玩。這時，歷史上大人物的反清、反日，反而有了
可笑的反諷效果。

　　「囝仔性」極重的康原，雖然心中崇敬賴和萬分，終究選
擇以囝仔歌爲基調的創作路向，走出與賴和相異的趣味小
徑。

二、康原與施福珍的囝仔歌

　　賴和的十首台語詩，其實也受到囝仔歌的影響。這十首
台語詩是：〈寂寞的人生〉、〈新樂府〉、〈農民謠〉、〈相
思〉、〈相思歌〉、〈月光〉、〈農民嘆〉、〈冬到新穀收〉、
〈呆囝子〉、〈不是〉。單看題目有「樂府」、「謠」、「歌」、

㉟ 康原：〈稻仔園〉，《八卦山》，頁131-132。

㊱ 賴和：〈低氣壓的山頂〉，《賴和全集・新詩散文卷》，頁144-151。

㊲ 康原：〈八卦山〉，《八卦山》，頁2-4。

「嘆」這四首，就知道這是與「歌」相關的書寫方式，再看
〈寂寞的人生〉題下附註「歌仔曲新哭調仔」，也可確定這五
首詩與台灣歌謠血緣相近。❸ 其次以外在形式而言，〈寂寞
的人生〉、〈新樂府〉、〈農民謠〉、〈相思歌〉、〈月光〉、
〈農民嘆〉、〈呆囝子〉、〈不是〉等八首詩，都有自訂格律，
相等的字數或行數，十分嚴謹，這也是歌謠寫作的主特色。

　　不過康原台語詩的寫作之所以跟囝仔歌產生密切關係，
直接的因緣來自於初中時音樂老師施福珍的教導，彰師大附
工任職期間擔任管樂隊教練，一九九四年至今與施福珍合作
編纂囝仔歌謠集、故事集四冊。

　　施福珍，一九三五年出生，彰化員林人，曾以創作「臺
灣囝仔歌」三百餘首，全力推動兒歌教學等貢獻獲得肯定，
榮獲臺灣省第一屆特優文化藝術人員。除與康原合作出版囝
仔歌故事集之外，亦曾出版《台灣囝子歌曲集》（二集）、
《台灣囝子歌伴唱曲集》（三集）。施福珍自述創作童謠的起跑
點，是擔任員林家商音樂老師的一九六四年暑假，午睡中被
戶外幾名頑皮小孩子吵醒，原來夏日炎炎太陽把柏油路曬融
了，小孩赤腳走路粘到了柏油，大聲呼叫：「點仔膠，粘到
腳。」這樣一句自然押韻的童語，使他靈感大發，不到五分
鍾，完成了他的第一首台語童謠創作──〈點仔膠〉。自此，
他以當時《自立晚報》連載的吳瀛濤先生所寫的「台灣諺語
與俗謠」作參考，蒐集、編曲，藉著傳統唸謠改編成童謠，
在童子軍、救國團等社團活動中散播開來，因而被尊稱為台

---

❸ 賴和以台語漢字書寫的新詩，還有幾首也以歌、謠、曲、調為題，
　　如：〈七星墜地歌〉、〈兒歌〉、〈流離曲〉、〈南國哀歌〉。

灣童謠的永遠園丁。

根據康原〈囝仔詩歌與民間文學〉❸的分析，施福珍的囝仔歌創作可以分為七類：

（一）搖子歌：搖仔搖、嬰仔搖、嬰嬰睏、搖金子、阿舅來、嬰仔乖。這類作品屬於母親的歌，抱小孩時唱的歌謠，表達出長輩對孩子的愛。

（二）嘲諷歌：羞羞羞、愛哭神、大箍呆、不通哭、死鴨、人插花、噴雞歸、大頭丁仔、飫鬼俏、歹心黑礐肚、一天過了又一天、無毛雞、臭頭噴古吹、臭頭一支刺、阿肥的、阿猴仔。這類作品帶有點諷刺味道，比如〈人插花〉是諷刺日本人，歌詞說：「人插花，你插草。人抱嬰，你抱狗。人坐轎，你坐破糞斗。人睏紅眠床，你睏屎礐仔口。」「人」說的是台灣人，「你」指的是日本人，囝仔歌也為時代做了見證。

（三）遊戲歌：打手刀、鬮雞、放雞鴨、點仔點叮噹、吃清吃濁、戽蝦仔、打你天、紅白花、煎雞蛋、打鐵哥、欲吃魚。這類作品是小孩子，在遊戲前或遊戲過程中，唱的歌謠，歌詞內容與遊戲的方法有一些關係。

（四）趣味歌：一兼二顧、十戀歌、阿里不達、依依歪歪、吃妻操、悾子、牛奶糖、大鼻孔、大頭、小姐眞古錐、可愛的老鼠。在歌詞中顯露幽默風趣，引起孩子的興趣。

（五）數字歌：一二三、一四七、一去二三里、當朝一品、一表人才、一本萬利、一兼二顧、小學生、放雞鴨、十

---

❸ 康原：〈囝仔詩歌與民間文學〉，南投：《美麗福爾摩莎》雜誌第13期，台灣省文化基金會・台灣空中文化藝術學苑出版。

二生肖。是一種教孩子數數的歌謠，從一數到十，用唱的增加孩子學數字的趣味。

（六）一語雙關歌：一人一嘴、阮細漢、豬和獅、飲、打拳賣膏藥、骨力嚶嚶。利用台語中的一語雙關的意義，去創作歌謠，唱起來相當好玩，不僅孩子喜歡，大人也很喜歡。

（七）敘事歌：這類歌謠狀寫各種人、事、物、自然環境，範圍廣闊，題材多種，按屬性可分成十八類之多：人物、事物、食物、鳥類、家禽、昆蟲、小動物、自然、民俗、生活教育、時勢、地理特色、節慶、神祇、物體、人生、人體、花草等。

以這樣的內容來分析康原台語詩的創作，可以得出台灣囡仔歌（或者說康原台語詩）的六大特色：

（一）和諧的押韻之美：

念謠、童謠依靠口耳相傳，即教即學，現學現賣，因此所有童謠幾乎都以押韻的方式出現，便於記憶和傳誦。世界各地的初民文學，幾乎都以韻文的方式存在，除了口頭的和諧順暢之外，應該也在呼應人心和諧圓滿的期望。

康原的《八卦山》詩集亦然，如〈海口兄弟〉前五行，句句押「四支」韻：「阮是海口个兄弟／透早出門去掠魚／嘸驚海水冷吱吱／三更半暝觀星望斗看天氣／閃熠个星光親像看電視」。⑩ 以此標準比較台語詩與現代漢詩，接近口語的

---

⑩ 康原：〈海口兄弟〉，《八卦山》，頁9-11。

台語詩押韻比例偏高，向陽、路寒袖的作品即是最佳的印證。

（二）驚喜的拼貼之美：

童謠爲了押韻效果，有時不免拼湊句子以協韻，台灣話叫做「湊句」，以施福珍作詞作曲的第一首囡仔歌〈點仔膠〉來看：「點仔膠，黏著腳，叫阿爸，買豬腳，豬腳箍，滾爛爛，飫鬼囡仔流嘴瀾。」[41]前二句「點仔膠，黏著腳」與三四句「叫阿爸，買豬腳」之間，沒有任何邏輯上、情理上、生活上可相繫連的地方，作詞者如此安排，純粹是爲了協韻，以利誦唱。再如傳統念謠〈月娘月光光〉：「月娘月光光，阿公仔掘菜園；菜園掘鬆鬆，阿公仔欲種蔥；種蔥不發芽，阿公仔欲種茶；種茶不開花，阿公仔種菜瓜；菜瓜不結子，掠老婆仔來打死。」[42]此詩以頂眞法接續種蔥、種茶、種菜瓜，也只因爲光與園、鬆與蔥、芽與茶、花與瓜、子與死，兩兩協韻而已。否則，菜瓜不結子，何至於將老婆婆打死？

康原的台語詩受囡仔歌影響甚深，詩句的邏輯性往往不強，彷彿拼湊而成，雖非後現代主義，倒有著拼貼之美，如〈穿柴屐〉：「尙愛赤腿走大路／有時陣穿柴屐／來打鼓／煞

---

[41] 施福珍詞曲：〈點仔膠〉，《台灣囡仔歌的故事》第一集，台北：自立晚報，1994，頁41。

[42] 傳統念謠：〈月娘月光光〉，《台灣囡仔歌的故事》，台北：玉山社，1996，頁27。

戲後／鼓聲響歸路／響到落大雨／害阮滴甲淡糊糊」，❹ 其中「路、鼓、路、雨、糊」是韻腳所在，但鄉下地區散戲後「鼓聲響歸路」已經不太可能，還要「響到落大雨」，更屬生活與情理之所無，但童謠的「無意之趣」、「無理之趣」，不受思理束縛，只求順口、動聽，反而有著另一種拼貼的驚喜。

（三）豐盛的物產之美：

台灣囝仔歌普遍顯現農業時代的生活模式，因而含括天文、地理、節慶、時令、動物、植物、礦物、器物、親友、鬼神、特產、飲食、數學、歷史、生物、語文、人際關係、人文修養，包羅萬象於簡單的意象中。如果將施福珍的三百多首囝仔歌加以審視、統計，或許就可以完全認識台灣各地物產，彷彿讀過台灣博物誌。

康原半生志業就在型構彰化學，他的詩，尤其是台語詩，當然不會放過彰顯彰化特色的機會，《八卦山》輯一「土地个歌」中出現的名物：八卦山、南路鷹、番麥、鳥梨糖、甘蔗、芋仔冰、班甲、甘薯、星斗、電視、烏雲、大湧、牛犁、西瓜、樓仔厝、地牛、草嶺、斗六、梅山、埔里、神主牌、帆布、廟寺、教室、房舍、旅社、水蛙、土猴、白鴒鷥、埔鹽菁、包心白、苦瓜、蒜、水圳、布袋戲、藏鏡人、雞歸、紅毛井等等，如此繁盛。

因為台灣囝仔歌以教育小孩為目的，不講抽象性、概念

---

❹ 康原：〈穿柴屐〉，《八卦山》，頁104-105。

化的東西，單純藉「物」以記事、說理、抒懷，物產之豐盛因此而存留下來。康原不擅長抽象思維，囝仔歌似的台語詩正適合他急於放送彰化之美的心願。

（四）教育的傳承之美：

童謠最主要的功能就在於可以讓大人回憶快樂童年，增強親子關係，因而藉以教導小孩認識草木蟲魚鳥獸，充實生活常識與技能，了解人情世事，進而加強語言表達能力，開創想像空間，發揮創造潛力。換言之，這就是囝仔歌的教育功能，父傳子，口傳耳，代代傳，世世襲，在世代未交替時先完成文化的傳遞。如〈李仔哥〉：「自己的，自己好；別人的，生蟲母。」教導孩子不貪求。如〈乖媳婦〉：「雞那啼，天就光；透早起來開廳門；煎一個蛋，煮一個湯；通給大家官來吃早飯。」勉勵媳婦早起伺奉公婆。如方子文詞、施福珍詞的〈無毛雞〉：「無毛雞假大扮，褲袋仔掀開無半項，大飯店吃西餐，無錢掠去官廳辦。啊！少年人著愛認眞討賺，未來的責任是這呢重，認眞打拚認眞打拚免怨嘆，拚出家財千百萬。」❹很明顯在鼓勵少年人認眞打拚。這是成功的「寓教於樂」的家庭教育，先進的「在遊戲中學習」的觀念，在台灣傳統的念謠中早已實現。

康原《八卦山》中也有這種類型的作品，如〈掠水蛙，灌土猴〉，前兩段描寫庄腳囝仔掠水蛙、灌土猴的日常遊戲，

❹方子文（施福珍筆名）詞、施福珍詞：〈無毛雞〉，《台灣囝仔歌的故事》，台北：玉山社，1996，頁123。

後兩段筆鋒一轉，卻轉到父親的教訓：「白翎鷥行田岸／一陣囡仔定定看／看甲日頭漸漸欲落山／犁田阿伯流甲滿身汗／想起阿爸佇咧講／／做牛要拖做人要磨／做雞愛筅 做人愛翻／欲吃嘸討賺／歸世人攏愛散」，這種教誨意味濃厚的作品，就文學與教化分離的觀念來說並不妥當。囡仔歌的對象是兒童，猶有勸說的空間，新詩閱讀的對象是一般民眾，無需逾越此一分際線。康原詩集中的〈海口兄弟〉、〈囡仔兄〉、〈庄腳囡仔〉，還爲獨立建國在吶喊，意識型態太濃、太露、太直，反而破壞了文學美。詩貴含蓄，此一準則雖非顛撲不破，終究是值得信守的。

（五）純真的戲謔之美：

小孩子常常莫名其妙嘻笑一團，大人往往不知所以然，因此，台灣囡仔歌掌握這點無邪天眞之心，常以戲謔的方式書寫，期望贏得童心，博得好感，才能讓孩子喜歡傳唱。

傳統念謠的〈新娘帥當當〉：「新娘仔帥當當，褲底破一孔；厝前磅米香，厝後韮菜叢；尪打某，某打尪，兩個相打揪頭鬃。」❹從稱美新娘的頂峰，直接就摔落挖苦新娘的谷底。但是，眞的在諷刺新娘嗎？其後的磅米香、韮菜叢，則是生活的實寫，未必然有諷刺之意，甚至於夫妻打架揪頭髮之事，可以當作是爲了韻腳而作的安排，但也不妨視爲台灣農村老一輩的人含飴「弄」孫的一種趣味。戲謔的趣味重於

❹ 傳統念謠：〈新娘帥當當〉，《台灣囡仔歌的故事》，台北：玉山社，1996，頁30-31。

諷刺的意味，取悅家人之「戲」多於嘲笑他人之「謔」。「謔」而不「虐」之作，如下面這三首嘲弄小學生的囡仔歌，傳神的寫實風之中又多了一點趣味性，透露出台灣人幽默的本性：

〈小學生〉：一年的一年的悾悾，二年的二年的憨憨（孫悟空）；三年的吐劍光，四年的愛膨風；五年的上帝公，六年的閻羅王。

〈火燒山〉：一年的火燒山，二年的走去看；三年的來救火，四年的燒一半；五年的革散散，六年的變火炭。

〈烰蚵仔嗲〉：一年的烰蚵仔嗲，二年的捧去賣；三年的去踅街，四年的買一塊；五年的飫鬼儕，六年的真歹勢。

囡仔歌是教囡仔唱的歌，這種戲謔小學生的作品，小孩子唱起來既自謔又謔人，樂趣加倍。因此，在康原的作品中也出現此一類型的謔人與自謔之詩。

謔人之詩與訓人之作，同樣都以「囡仔」為題、為對象。訓人之作如前述，有三篇：〈海口兄弟〉、〈囡仔兄〉、〈庄腳囡仔〉，謔人之詩則是〈瘦猴囡仔〉：「瘦猴囡仔，人瘦瘦／大頭額，身軀真薄板／作功課，革懶懶／愛食白米飯攪滷肉湯／有魚加肉伊著喝／讚！」[46]好吃懶做的瘦皮猴樣子就出現了！自謔之作如〈媽祖婆〉寫愛玩不愛讀書的孩子，〈阮為迌迌來出世〉描寫了多項童玩。這兩首詩的主人翁都是

---

[46] 康原：〈瘦猴囡仔〉，《八卦山》，頁90-91。

「阮」，但這個「阮」並不是寫這首詩當時的康原，而是少年時代的康原。這五首詩的主人翁都是囝仔，可以再次旁證康原的台語詩深深受到囝仔歌的影響。

（六）多變的台語之美：

　　台語詩可以盡情發揮台語之美，譬如〈一語雙關歌〉，「講著繳，我就氣」，可以是「說到賭博，我就氣」，也可以是「說到賭博，我就去（參與）」；「講著菸，火就著」，可以是「說到菸，一把無名火就燒起來」，也可以是「說到菸，火就點起來了」；「講著飲燒酒，戒不好」，表面上是「飲酒最不好」，實際上可能是「飲酒，戒掉是不對的」。這樣的矛盾語詼諧有趣，同音卻不同義，製造更多的雙關、歧義，更多的思考空隙。

　　方子文（施福珍筆名）所寫的囝仔歌有多首是應用「同音字」產生繞口令效果，如〈基隆加人〉[47]的基隆、雞籠、假人、嫁人、加人，〈東勢抽銅絲〉[48]的當時、同時、東勢、董氏、銅絲、多時、凍死，這是詩人的機智表現，也為剛剛學講話的孩子磨練唇舌的靈活度，說出標準的台語。

　　台灣是移民社會，語言當然也受外來語的影響，台灣囝仔歌常將外來語內化為生活用語，使用在唸謠中，產生諧

---

[47] 方子文詞、施福珍曲：〈基隆加人〉，《台灣囝仔歌的故事》，玉山社，頁29。

[48] 方子文詞、施福珍曲：〈東勢抽銅絲〉，《台灣囝仔歌的故事》，玉山社，頁111。

趣，如施福珍詞曲的〈近視猴〉，將日式發音的英語加入其中，趣味橫生：「近視猴目吡吡，便所看做 Hotel，牽目鏡飲 Beer，半暝仔爬起來跳 Dance（ㄉㄤˋ•ㄙㄨ）。」[49]另一首〈鴨〉[50]出現「瓦他庫西阿那達」，是日語的我、你，殘留被殖民的痕跡，有意讓下一代的人略略知曉這一段台灣史。

台語是台灣大多數人熟悉的語言，但要書寫為文字，書寫為有趣的文字，其實並不容易。台語的嫻熟度要高，操控度要好，還要加上先天的機智、後天的風趣，靈活運用，才可能創新台語的趣味美。康原的第一本詩集，尚未發展出讓人會心一笑的詼諧台語，可見我們還需要長時間的耐心等待。

其實，台灣囡仔歌原是從親情、天倫出發的詩歌創作與傳唱，如「搖子歌」系列作品，直接表達了親子之愛，教唱的過程裡卻也間接使兄弟姊妹間的感情得以匯通，由此發展出：即使面對世界萬物都以倫理之情相對待，宇宙的倫理之美就在詩中完成，如螢火蟲，台灣人稱之為「火金姑」，月亮稱為「月娘」，已有倫理之愛，以此作為歌詠對象的作品極多，就是好的開始。再如方子文作詞的〈人之初〉，從「人之初，性本善，性相近，習相遠」的三字經開始教唱，再轉向戲謔的同音訛唱，最後以協韻卻不一定相干的「小隻螞蟻飼不大，腹肚痛，救不活」結束，將愛心、倫理擴及小動物、小植物，都令人感動。三如傳統念謠的〈鯽仔魚欲娶某〉，說鯽仔魚欲娶某，鱔魚作媒人，土殺做查某，龜擔燈，鱉打

---

❹ 施福珍詞曲：〈近視猴〉，《台灣囡仔歌的故事》，玉山社，頁62-63。

❺ 施福珍詞曲：〈鴨〉，《囡仔歌》，台中：晨星，頁50-51。

鼓，田嬰舉旗好大步，水雞扛轎嫌艱苦，這不僅是擬人化的寫作，還是人倫的教育，宇宙愛的仁心擴充，更是無極的想像之美的發揮。

足見台灣囝仔歌，在前行代作詞者的努力，康原的仿學之後，還有極大的空間等待新詩人開發為新資源，繼續傳唱。

第四節　結語

根據康原至交王灝的觀察：「作為一個作家的康原，他的創作歷程中，故鄉書寫事實上也是佔了一個十分重要的部分，從他所出版的一些書中我們知道，大部分都和他生長的半線地區的幾個鄉鎮市，有著密不可分的因緣關係。除了透過文字書寫去貼近他的故鄉土地之外，近年來他的一些文化行動本身，更是直接透露了這樣的一種行為訊息，例如擔任彰化地區文學先驅台灣文學之父賴和紀念館館長，積極發揚賴和精神，協助彰化縣文學步道的設立，擔任彰化地區社區規劃師，以及從事彰化地區典範人物的傳記書寫 ❺❶ ……等等，都是具體的展現了他的那份彰化深情。」❺❷ 充分點明康原的彰化深情，康原與「彰化學」的深層連結。

但在康原與彰化詩學的連結上，康原先是錯過了暗中主

---

❺❶ 康原曾為兩位先生立傳，一是全興集團創業人吳聰奇先生，出版《總裁的故事》（彰化：全興文教基金會，2003）。一是台灣詩哲林亨泰先生，自1998年開始撰寫，2006年完稿出版《八卦山下的詩人──林亨泰》（台北：玉山社，2006）。

❺❷ 王灝：〈半線行旅・彰化深情〉，《彰化半線天》，台北：紅樹林出版社，2003，頁12。

導台灣現代派運動相關理論的林亨泰，雖然曾經共事四年（彰化高工，1970年至1974年），卻絲毫不曾受到林亨泰詩風影響，不見一絲仿學痕跡；其後擔任「賴和紀念館」館長（1995年7月至1997年7月），以賴和為心靈之導師，每有公開性演講，言必稱彰化、賴和，但仔細審視康原詩詞，未見抗議精神，未有激昂言論，既無賴和的不妥協色彩，更不像二十一世紀的魯迅。康原近距離接觸兩位大師級人物卻未受影響，探索這個原因，可能是情性不相類、生活背景不相同吧！然而，就因為這個緣故，康原的台語詩創作，卻為彰化詩學開闢出介乎台語詩與兒童詩之間的新系譜，那就是台灣囝子歌的內在的深層影響，可能是台灣新詩不自覺的一種底流。

　　如果以舊磺溪地區而言，所謂大彰化還可以包括南投縣與台中縣，所以，南投縣的向陽台語詩，台中縣的路寒袖台語詩，都可以看出他們具體顯現台灣歌謠的深度影響，試將他們兩人的台語詩作與台南地區林宗源、黃勁連的台語詩相較，會發現向陽台語詩接近布袋戲腔，路寒袖台語詩存留歌仔戲韻味，而康原的台語詩則保留「臭奶呆」的童趣。究其源頭，大彰化地區的向陽、路寒袖、康原，都深受台語囝子歌的潛在薰陶，但康原直接而率性地呈露，向陽、路寒袖則以後天的文化素養幾番改腔、變調，因而有著不同的氣口、不同的聲嗽。

　　因此，回顧前言所述：「在詩尚未出口之前，詩意先以胚胎的型態在人類心中醞釀，而後才脫口而出，醞釀的時間可能少至零點零一秒，多達數十天，詩意與詩歌的界線或可

模糊，但先後秩序卻清楚存在。」再一次審視詩意與詩歌的秩序：「湧現詩心→感官傳唱→感性書寫→理性詩學」，我們或許可以說，台語囝子歌先於台灣新詩而存在，這是歷史的真實；康原近乎台語囝子歌的台語詩，卻是台灣新詩可能存在的一種雛形，這不是歷史發展的真實秩序，而是詩心湧現的絕對真實。所以，康原呈現了彰化詩學的另一種可能，就像他型構彰化學的粗坯，一樣真誠且真實。

參考文獻

康原書目（依出版序）：

康原著：《星下呢喃》散文集，彰化：現代潮出版社，1970。

——著：《霧谷散記》散文集，彰化：大昇出版社，1976。

——著：《煙聲》散文集，台北：水芙蓉出版社，1978。

——著：《生命的旋律》散文集，台北：彩虹出版社，1979。

——編：《卦山春曉》散文集（與碧竹合編），台北：水芙蓉出版社，1979。

——編：《大家文學選·散文卷》（與王灝合編），台中：梅華出版社，1981。

——著：《真摯與激情》散文集，彰化：自印，1982。

——著：《一頁一小詩5》詩集，台北：水芙蓉出版社，1983。

——著：《出版明亮的眸》散文集，台北：水芙蓉出版社，1984。

——編：《鄉音的魅力》論集，彰化：青溪新文藝學會彰化縣分會，1984。

——著：《論文全壘打》文集，台北：全友出版社，1984。

——著：《最後的拜訪》散文集，台北：號角出版社，1984。

——編：《稚嫩的聲音》選集，彰化：彰化高工，1984。

——編：《迷航的青春》選集，台中：晨星出版社，1984。

——著：《開放的心靈》散文集，台中：晨星出版社，1985。

——著：《彰化鄉土詩畫集》詩畫集，彰化：彰化縣立文化中心，1985。

——著：《記憶》散文集，台中：晨星出版社，1986。

——著：《作家的故鄉》報導文學，台北：前衛出版社，1987。

——著：《佛門與酒國》散文集，高雄：派色出版社，1991。

——著：《歷史的腳步》散文集，彰化：彰化縣立文化中心，1991。

——著：《磺溪文學——鄉土檔案》評論集，彰化：彰化縣立文化中心，1992。

——著：《文學的彰化——新文學作家小傳》傳記，彰化：文化中心，1992。

——著：《臺灣囡仔歌的故事ⅠⅡ》囡仔歌，台北：自立晚報社，1994。

——著：《說唱台灣詩歌》演講集，台中：台灣區域發展研究院，1994。

——著：《懷念老台灣》散文集，台北：玉山社，1995。

——著：《歡笑中的菩提》散文集，台北：健行出版社，1996。

——著：《臺灣囡仔歌的故事》囡仔歌，台北：玉山社，1996。

——著：《尋找烏溪——一條河的生命故事》報導，台北：常民文化，1996。

——著：《芳苑鄉志·文化篇》方誌，彰化：彰化縣芳苑鄉公所，1996。

——編：《種子落地Ⅰ》選集，彰化：賴和文教基金會，1996。

——編：《種子落地Ⅲ》選集，彰化：賴和文教基金會，1997。

——編：《尋找台灣精神》選集，彰化：賴和文教基金會，1997。

——著：《尋找彰化平原》報導文學，台北：常民文化出版社，1998。

——著：《台灣農村一百年》散文集，台中：晨星出版社，1998。

——編：《六〇年代台灣囡仔》囡仔歌，彰化：彰化縣文化局，1999。

——著：《八卦山文史之旅·礦溪舊情》報導，彰化：彰化縣文化局，1999。

——編：《彰化縣文化休閒導覽手冊》報導，彰化：彰化縣文化局，1999。

——編：《社區的魅力》選集，彰化：彰化縣文化局，1999。

——編：《在地視野島嶼情》選集，台北：常民文化，1999。

——著：《囡仔歌教唱讀本附CD》囡仔歌，台中：晨星出版社，2000。

——著：《烏日鄉志·文化篇》方誌，台中：台中縣烏日鄉公所，2000。

——著：《影像中的老彰化》報導文學，彰化：彰化縣文化局，2000。

——著：《彰化市之美》報導文學，彰化：彰化市公所，2000。

——編：《彰化縣民間文學集15.16》民間文學，彰化：彰化縣文化局，2000。

——著：《八卦山》台語詩，彰化：彰化縣文化局，2001。

——編：《台中縣作家作品選集》選集，台中：台中縣文化局，2001。

——著：《漢寶園之歌》報導文學，台北：教育部，2001。

——著：《賴和與八卦山》報導文學，台北：教育部，2001。

——編：《台灣文學讀本・兒童文學卷》兒童文學，台中：縣文化局，2001。

——著：《烏溪的交響樂章》文集，台北：中國時報文教基金會，2002。

——著：《台灣囝仔歌謠・附cd》囝仔歌，台中：晨星出版社，2002。

——編：《彰化縣民間文學集17》民間文學，彰化：彰化縣文化局，2002。

——編：《彰化縣民間文學集18》民間文學，彰化：彰化縣文化局，2002。

——著：《浮光掠影憶彰化》報導文學，彰化：彰化縣文化局，2002。

——著：《彰化半線天》報導文學，台北：紅樹林出版社，2003。

——編：《彰化縣民間文學集19》民間文學，彰化：彰化縣文化局，2003。

——編：《彰化縣民間文學集20》民間文學，彰化：彰化縣文化局，2003。

——編：《萃雅彰化・礦溪常新》報導文學，彰化：彰化縣文化局，2003。

——著：《總裁的故事》傳記，彰化：全興文教基金會，2003。

——著：《烏日鄉志・文化篇》方誌，台中：烏日鄉公所，2003。

——著：《愛情敢仔店》台語詩，台中：晨星出版社，2004。

——編：《彰化縣地方文物館家族導覽手冊》報導文學，彰化：文化局，2004。

——編：《彰化縣國民中小學台灣文學讀本》兒童文學，彰化：文化局，2004。

——著：《花田彰化》文集，台北：愛書人出版社，2004。

——著：《彰化孔廟》報導文學，彰化：彰化縣文化局，2004。

——著：《每一句話都是紅玫瑰》文集（《歡》集重刊），台北：健行，2004。

——著：《野鳥與花蛤的故鄉》報導文學，彰化：彰化縣文化局，2005。

——編：《台灣文學日日春》選集，台中：晨星出版社，2005。

——著：《不破章水彩畫集》台語詩，彰化：頂新文教基金會，2005。

——編：《照見人生》評論集（與林明德合編），台中：晨星出版社，2005。

——著：《八卦山下的詩人——林亨泰》傳記，台北：玉山社，2006。

——編：《台灣文學半線情》選集，台中：晨星出版社，2006。

——著：《人間典範全興總裁》傳記，台中：晨星出版社，2007。

參考書目（依作者姓氏筆畫序）：

吳晟：《筆記濁水溪》，台北：聯合文學出版社，2002。

林文義：《母親的河——淡水河記事》，台北：台原出版社，1993。

林瑞明：《台灣文學與時代精神——賴和研究論集》，台北：允晨文化，1993。

賴和：《賴和全集‧新詩散文卷》，台北：前衛出版社，2000。

賴和：《賴和全集‧雜卷》，台北：前衛出版社，2000。

第7章 大思維：土地建立的新哲學

第一節　台灣土地的文化滄桑史

　　最早組合成台灣這塊土地的，當然是土壤、水、礦物質，其後慢慢有了生物、生命，依次是植物、昆蟲、動物、人類，就人類而言，原住民、漢人是其中的最大宗。但不同族群、不同體性，會形成不同的文化氣息，不同的統治階層、不同的掠奪慾望，會形成不同的文化意志。

　　以台灣原住民的石頭崇拜來看，魯凱、卑南、阿美、布農、達悟等五個族群都有「石生人」的始祖創生神話，世界各地也有原始人崇拜巨石的證明，以為巨石可以孕育萬物，具有生殖能力，因而在各種祭典儀式中以巨石為崇拜對象。❶原住民渡過溪流前，往往望著滾滾巨流大聲問訊：「我可以過去嗎？」如果大地寂寂，他認為這是吉兆而渡河；如果驚起山鳥或崩落山石，他會以為是凶兆，重新選擇其他的日子或時間再試探。達悟族人需要樹木刻製獨木舟，幾天前就會在樹下吟詩一般對樹獨白，告知自己的需要，祈求對方的諒解。❷凡此種種，顯示原住民對土地的尊重。但原住民各

---

❶ 林道生編著：《原住民神話與文化賞析》，台北：漢藝色研，2003，頁 14-15。

❷ 詩人詹澈長年住在台東，與各族原住民生活在一起，這是他敘述的經驗。

族又愛好狩獵,「農閒之時,必聚族出獵,三五成群,攜糧入山,非有所獲,數夜不歸。所欲狩獵者,以鹿、山羊、山豬為主,以食其肉,衣其皮,飾其牙為目的。各族各部落皆有其獵場,互不侵越,犯者將引起糾紛,甚至於格鬥。」❸但主政當局從日本政府以降又有禁獵的政策,山、水、樹、人、獵物之間的關係如何調適,獵場畛域、土地疆界如何釐清,土地的利用是依傳統而從容,還是隨慾望而縱容?原住民如何體貼土地生養休息的節奏,與自然萬物形成和諧共生的生命網路?統合這些可以型塑出原住民的土地倫理觀。

　　至乎漢人,本來就有「天人合一」的生命修持,又有「胼手胝足」的勤勞精神,二者相互糾葛、相互修正,造就了漢人的土地哲學。漢人的祖先冒著生命的危險,渡過黑水溝,循著天然的溪、河、湖、潭,建造人工的圳、埤、坡、塘,逐水草而居,他們與土地的關係相當緊密,看看「田頭田尾土地公」的存在,就可以深信無疑。他們住在海邊、河灣,向綠野平疇要耕地,向丘陵要山園,向高山要煤炭,向溪流要砂金、礦石,向植物要棉、麻,向動物要蛋白質與油脂。他們用火燒山,藉水輸送林木,以竹木建造房屋,引水灌溉土地,築土屋儲藏糧食,靠糧食換取五金。這就是竭盡所能的漢人,竭盡自己之所能,亦竭盡土地之所能。

　　不同的統治階層來到台灣,又有不同的劫掠方式,日制時代(1895-1945)工業革命初興,不論是檜木、肖楠、紅豆杉悄悄運往東京,煤礦、金礦過度開採,或者是稻作、蔬菜

---

❸田哲益:《台灣原住民的社會與文化》,台北:武陵,2002,頁199。

的品種改良，茶葉、菸葉、蔗糖的商業經營，都有一套極精密的運作策略，土地與人的關係，人對土地的情感，都有了微妙的變化。國民黨政府來到台灣（1949-），實施大中國文化，以台灣爲反攻大陸的跳板，使居留台灣島上的人沒有紮根台灣、深耕土地之心；從而禁用台語，大事修改台灣地名，使人與土地逐漸疏離；進一步全力傾銷資本主義，培植台灣人的消費性格，都市（文明）因而興起，土地成爲可以切割、炒作的商品。政黨輪替（2000-）以後，號稱本土政權的民進黨政府以意識型態切割人民，炒作議題，長於選舉，拙於治理，人與土地更沒有復合的可能。

在這樣的土地滄桑史裡，詩人、文學藝術家會有什麼樣的思考模式，發展出什麼樣的哲理？在這樣的土地傷口上，詩人會唱出什麼樣的歌？

第二節　彰化詩人的土地新哲學

誰在土地現場？誰以自己的土地經驗喚醒他的族群？

追風，彰化詩人，台灣新詩肇基者，日制時代的他拋除國族認同的狹隘意識，選擇台灣最卑微的族群——原住民，大地最卑微的物產——煤炭，作爲〈詩的模仿〉這首詩認同、歌詠的對象，這就是以「土地」作爲哲學思考的對象，不以國族認同作爲唯一的依憑。這首詩因此有了長遠的價值。

台灣新文學之父的賴和，史詩式的〈低氣壓的山頂〉，以登臨八卦山所見到的「自然的震怒」（天色，霾霧，風聲）暗喻外在環境的惡劣；以甘蔗綠浪翻飛、稻田金波湧起，象徵農民豐收；以風起雲湧的狂飆迴旋，象徵內心變天的渴望。

賴和不是親自在土地上耕作的詩人，卻因爲土地的關懷，使詩蘊具了無窮的力量；賴和不是文學科系的詩人，卻也因爲象徵的應用，使詩擁有不朽的魅力。

眞摯地站在台灣土地上，堅持以知性視野看待台灣土地，因而呈現出獨特的形象，被譽爲台灣戰後詩現實主義者的典範——這是林亨泰從台灣土地上發展出來的哲學，從而建立他自己的新詩理論架構。林亨泰是一個知性的、深深注視土地的北斗詩人，相隔一條小圳溝，南側的溪州詩人吳晟與詹澈，卻以感性見長，兩位都畢業於屛東農專，在農技上學有專長，兩位都專注於農人、農事、農村、農田、農運，造就台灣新詩中最傑出的憫農詩篇。相同的濁水溪畔，孕育不同的哲學思路，卻同樣從彰化的土地上茁壯。

什麼樣的水土會孕育什麼樣的人，什麼樣的物產會醞釀什麼樣的文化，就靠風土、器物去舉證、去呈現，就靠童眞直率、生命最初的激動，一首首接近母親、接近土地的兒歌去傳唱。康原選擇另一種土地的聲音去表達彰化詩學的豐厚，映證了彰化詩人在土地現場，彰化詩人以自己的土地經驗喚醒台灣族群。

【附錄】蕭蕭編年書目

001： 1976，《流水印象》：彰化，大昇，32 開。（散文）

002： 1977，《鏡中鏡》：台北，幼獅，32 開，291 頁。（評論）

003： 1978，《舉目》：彰化，大昇，32 開，110 頁。（詩集）

004： 1979，《青紅皂白——古典詩中的色彩》：台北，故鄉，32 開，202 頁。（教學）

005： 1979，《現代名詩品賞集》：台北，聯亞，32 開。（編選）

006： 1979，《現代詩導讀——導讀 1》（合編）：台北，故鄉，25 開，312 頁。（教學）

007： 1979，《現代詩導讀——導讀 2》（合編）：台北，故鄉，25 開，308 頁。（教學）

008： 1979，《現代詩導讀——導讀 3》（合編）：台北，故鄉，25 開，308 頁。（教學）

009： 1979，《現代詩導讀——理論篇》（合編）：台北，故鄉，25 開，461 頁。（教學）

010： 1979，《現代詩導讀——批評篇》（合編）：台北，故鄉，25 開，471 頁。（教學）

011： 1980，《中學白話詩選》：台北，故鄉，32 開，365 頁。（教學）

012： 1980，《燈下燈》：台北，東大，25 開，261 頁。（評論）

013： 1981，《中國當代新詩大展》（合編）：台北，德華，32 開。（編選）

014： 1981，《美的激動》：台北，蓬萊，32 開。（散文）

015： 1982，《七十年散文選》：台北，九歌，32 開。（編選）

016： 1982，《現代詩入門》：台北，故鄉，32 開，311 頁。（教學）

017： 1982，《悲涼》：台北，爾雅，32 開，174 頁。（詩集）

018：1983，《來時路》：台北，爾雅，32開，236頁。（散文）

019：1983，《奔騰年代——今生之旅之三》：台北，故鄉，32開。（編選）

020：1983，《歸根時候——今生之旅之四》：台北，故鄉，32開。（編選）

021：1984，《七十二年詩選》：台北，爾雅，32開。（編選）

022：1984，《太陽神的女兒》：台北，九歌，32開，240頁。（散文）

023：1984，《感人的詩》：台北，希代，25開，292頁。（教學）

024：1985，《七十三年散文選》：台北，九歌，32開。（編選）

025：1986，《稻香路》：台北，九歌，32開，239頁。（散文）

026：1987，《現代詩學》：台北，東大，25開，512頁。（學術論文）

027：1987，《感性蕭蕭》：台北，希代，新25開，324頁。（散文）

028：1987，《鼓浪的竹筏》：台中，晨星，32開。（編選）

029：1988，《七十六年散文選》：台北，九歌，32開。（編選）

030：1988，《與白雲同心》：台北，九歌，32開，224頁。（散文）

031：1989，《一行二行情長》：台北，漢光，25開，219頁。（散文）

032：1989，《青少年詩話》：台北，爾雅，32開，161頁。（教學）

033：1989，《毫末天地》：台北，漢光，25開，116頁。（詩集）

034：1989，《測字隨想錄》：台北，合森，新25開，140頁。（散文）

035：1990，《七十八年詩選》：台北，爾雅，32開。（編選）

036：1990，《字字玄機》：台北，健行，新25開，174頁。（散文）

037：1990，《神字妙算》：台北，漢藝色研，25開。（散文）

038：1990，《詩魔的蛻變——洛夫詩作評論集》：台北，詩之

華。（編選）

039： 1991，《七十九年散文選》：台北，九歌，32開。（編選）

040： 1991，《八字看平生，一字透玄機》：台北，健行，新25
開，192頁。（散文）

041： 1991，《現代詩創作演練》：台北，爾雅，32開，235頁。
（教學）

042： 1991，《現代詩縱橫觀》：台北，文史哲，25開，426頁。
（評論）

043： 1992，《忘憂草》：台北，九歌，32開，218頁。（散文）

044： 1992，《每一滴水都有他自己的聲音》：台北，耀文，25
開，166頁。（散文）

045： 1993，《站在尊貴的窗口讀信》：台北，九歌，32開，236
頁。（散文）

046： 1993，《從鍾嶸詩品到司空詩品》：台北，文史哲，25開，
255頁。（評論）

047： 1993，《現代詩廊廡》：彰化，彰化縣立文化中心，25開，
181頁。（評論）

048： 1994，《47歲的蘇東坡，47歲的我》：台北，爾雅，32
開，168頁。（散文）

049： 1994，《八十二年散文選》：台北，九歌，32開。（編選）

050： 1994，《半流質的太陽》（與張漢良合編）：台北，幼獅，25
開。（編選）

051： 1994，《詩儒的創造——?弦詩作評論集》：台北，文史哲，
25開。（編選）

052： 1994，《詩癡的刻痕——張默詩作評論集》：台北，文史
哲，25開。（編選）

053： 1994，《預約一個亮麗的生命》：台北，幼獅，新25開。
（編選）

054： 1995，《永遠的青鳥——蓉子詩作評論集》：台北，文史
哲，25開。（編選）

055： 1995，《新詩三百首》二冊（合編）：台北，九歌，25開，

1348頁。（教學）

056：1995，《禪與心的對話》：台北，九歌，32開，204頁。（散文）

057：1996，《心中升起一輪明月》：台北，九歌，32開，250頁。（散文）

058：1996，《緣無緣》：台北，爾雅，32開，169頁。（詩集）

059：1997，《八十五年散文選》：台北，九歌，32開。（編選）

060：1997，《八十五年詩選》（合編）：台北，現代詩季刊社，25開。（編選）

061：1997，《現代詩遊戲》：台北，爾雅，32開，217頁。（教學）

062：1997，《雲端之美，人間之真》：台北，駱駝，25開，288頁。（評論）

063：1997，《詩從趣味始》：台北，幼獅，25開，209頁。（教學）

064：1998，《雲邊書》：台北，九歌，32開，210頁。（詩集）

065：1998，《黃衫客──景美女中文學選集》：台中，文學街，25開。（編選）

066：1999，《千針萬線紅書包》：台北，幼獅，新25開。（編選）

067：1999，《中學生現代散文手冊》：台南，翰林，25開，309頁。（教學）

068：1999，《中學生現代詩手冊》：台南，翰林，25開，334頁。（教學）

069：1999，《天下詩選》二冊（合編）：台北，天下遠見，25開。（編選）

070：2000，《我是西瓜爸爸》：台北，三民，18開，64頁。（詩集）

071：2000，《皈依風皈依松》：台北，文史哲，25開，192頁。（詩集）

072：2000，《詩人的幽默策略》：台北，健行，新25開，200

頁。（散文）

073： 2000，《凝神》：台北，文史哲，25開，152頁。（詩集）

074： 2000，《蕭蕭·世紀詩選》：台北，爾雅，25開，180頁。
（詩集）

075： 2001，《八十九年詩選》：台北，台灣詩學季刊社，25開。
（編選）

076： 2001，《父王扁擔來時路》：台北，爾雅，32開，262頁。
（散文）

077： 2001，《蕭蕭教你寫詩·為你解詩》：台北，九歌，32開，
238頁。（教學）

078： 2002，《新詩讀本》（合編）：台北，二魚，25開，491頁。
（教學）

079： 2002，《蕭蕭短詩選》（中英對照）：香港，銀河，40開64
頁。（詩集）

080： 2003，《飛翔的姿勢：成長散文集》：台北，幼獅，25開。
（編選）

081： 2003，《暖暖壺穴詩》：台北，紅樹林，25開，160頁。
（散文）

082： 2003，《詩話禪》：台北，健行，新25開，198頁。（散文）

083： 2004，《台灣現代文選》（合編）：台北，三民，25開。
（編選）

084： 2004，《台灣新詩美學》：台北，爾雅，25開，474頁。
（學術論文）

085： 2004，《與自然談天：生態散文集》：台北，幼獅，25開。
（編選）

086： 2004，《壓力變甜點：幽默散文集》：台北，幼獅，25開。
（編選）

087： 2005，《台灣現代文選·散文卷》：台北，三民，25開。
（編選）

088： 2005，《我們就在光之中》：台北，文史哲，25開。（編
選）

089： 2005，《開拓文學沃土》：台北，聯合文學，25開。（編選）

090： 2005，《攀登生命巔峰》：台北，聯合文學，25開。（編選）

091： 2005，《新詩體操十四招》：台北，二魚，25開，214頁。（教學）

092： 2006，《2005台灣詩選》：台北，二魚，25開。（編選）

093： 2006，《揮動想像翅膀》：台北，聯合文學，25開。（編選）

094： 2006，《優游意象世界》：台北，聯合文學，25開。（編選）

095： 2006，《生命的學徒：生命散文集》：台北，幼獅，25開，168頁。（編選）

096： 2006，《放一座山在心中》：台北，九歌，25開，211頁。（散文）

097： 2006，《老子的樂活哲學》：台北，圓神，25開。（散文）

098： 2007，《九十五年散文選》：台北，九歌，25開，454頁。（編選）

099： 2007，《土地哲學與超自然美學》：台北，晨星，25開。（學術論文）

100： 2007，《現代新詩美學》：台北，爾雅，25開。（學術論文）

彰化學叢書 001

土地哲學與彰化詩學
—彰化詩學研究之一

作　　者	蕭　蕭
編　　輯	徐　惠　雅
排　　版	王　廷　芬
總策畫	林　明　德　‧　康　原
編審	彰　化　學　叢　書　編　輯　委　員　會

發行人	陳　銘　民
發行所	晨星出版有限公司
	台中市 407 工業區 30 路 1 號
	TEL:(04)23595820　FAX:(04)23597123
	E-mail:service@morningstar.com.tw
	http://www.morningstar.com.tw
	行政院新聞局局版台業字第 2500 號
法律顧問	甘　龍　強　律師
印製	知文企業（股）公司　TEL:(04)23581803
初版	西元 2007 年 07 月 05 日

總經銷	知己圖書股份有限公司
	郵政劃撥：15060393
	〈台北公司〉台北市 106 羅斯福路二段 95 號 4F 之 3
	TEL:(02)23672044　FAX:(02)23635741
	〈台中公司〉台中市 407 工業區 30 路 1 號
	TEL:(04)23595819　FAX:(04)23597123

定價 250 元
ISBN 978-986-177-137-3
Published by Morning Star Publishing Inc.
Printed in Taiwan

國家圖書館出版品預行編目資料

土地哲學與彰化詩學／蕭蕭著；－－初版.－－臺中市：
晨星，2007〔民 96〕
　　　面；　公分.－－（彰化學叢書；001）

　　ISBN 978-986-177-137-3（平裝）

　　1.臺灣詩—評論

850.32512　　　　　　　　　　　　96010608

廣告回函
台灣中區郵政管理局
登記證第267號
免貼郵票

407
台中市工業區30路1號
晨星出版有限公司

---- 請沿虛線摺下裝訂，謝謝！ ----

更方便的購書方式：

(1) 網站：http://www.morningstar.com.tw

(2) 郵政劃撥 帳號：15060393

　　　　　戶名：知己圖書股份有限公司

　　請於通信欄中註明欲購買之書名及數量

(3) 電話訂購：如為大量團購可直接撥客服專線洽詢

◎ 如需詳細書目可上網查詢或來電索取。

◎ 客服專線：04-23595819#230 傳眞：04-23597123

◎ 客戶信箱：service@morningstar.com.tw